吴 瑛 ◎ 著

生命是场博弈
过程便是奖赏

美丽的文字，巧妙的构思
给人以至高至纯的享受
哲理与反思，温情与智慧
给心灵以真善美的润泽

中国书籍出版社
China Book Press

图书在版编目（CIP）数据

生命是场博弈，过程便是奖赏 / 吴瑛著 . — 北京：中国书籍出版社，2015.5
ISBN 978-7-5068-4930-2

Ⅰ . ①生… Ⅱ . ①吴… Ⅲ . ①散文集—中国—当代 Ⅳ . ① I267

中国版本图书馆 CIP 数据核字（2015）第 108844 号

生命是场博弈，过程便是奖赏

吴瑛 著

图书策划	武 斌　崔付建
责任编辑	戎 骞
责任印制	孙马飞　马 芝
出版发行	中国书籍出版社
地　　址	北京市丰台区三路居路 97 号（邮编：100073）
电　　话	（010）52257143（总编室）（010）52257140（发行部）
电子邮箱	chinabp@vip.sina.com
经　　销	全国新华书店
印　　刷	北京富达印务有限公司
开　　本	880 毫米 ×1230 毫米　1/32
字　　数	220 千字
印　　张	9
版　　次	2015 年 6 月第 1 版　2015 年 6 月第 1 次印刷
书　　号	ISBN 978-7-5068-4930-2
定　　价	26.00 元

版权所有　翻印必究

目　录

第一辑　守蓬窗、茅屋梅花帐

幸福流年 …………………………………… 003
温情插饭 …………………………………… 006
是谁宠得你挑食依旧 ……………………… 010
大约在秋季 ………………………………… 013
带着我的晚年上路 ………………………… 016
慢茶惹人生 ………………………………… 020
酒干倘卖无 ………………………………… 023
年画年味儿 ………………………………… 026
诗酒趁年华 ………………………………… 029
银色的马车天上来 ………………………… 032

做一个守篷窗的小村郎 ········· 034
故乡的云 ········· 037
尘埃落定 ········· 042

第二辑　忘了除非醉

我的幸福　你来成全 ········· 049
清泠泠的家乡水 ········· 052
母亲的"桃花源" ········· 055
那些桑枣　抚过心尖 ········· 058
王六小 ········· 061
路旁开满木槿花 ········· 064
冬冬来看我了 ········· 067
脱　掉 ········· 070
百鸟朝凤 ········· 073
牵着蜗牛去散步 ········· 077
香叶嫩芽 ········· 079
风吹麦浪 ········· 082
睡余共饮午瓯茶 ········· 086
做婶婶的红颜 ········· 089
后妈可畏 ········· 093

第三辑　一径飞红雨

念念梧桐 …………………………………… 101

生命中的每一丝感动 ……………………… 104

劝　架 ……………………………………… 107

寻找吉尔伯特 ……………………………… 110

偏方之灵 …………………………………… 113

铁汉柔情 …………………………………… 116

一径飞红雨 ………………………………… 118

多应午灶茶烟起 …………………………… 122

栀子花开 …………………………………… 125

陪一朵花，微笑到老 ……………………… 131

那些陪我走过的人 ………………………… 134

心生莲花 …………………………………… 138

怒放的生命 ………………………………… 140

伤离别 ……………………………………… 147

第四辑　月与灯依旧

梨花醉 ……………………………………… 153

踏　生 ……………………………………… 156

绑架	159
贴小	162
中药拌面	166
八十岁，还要能笑	169
寻找一只癫痫的狗	173
带着龟龟看小姨	175
千年韭花	178
满手秋风花间住	181
山芋熬粥	187
谁的普通话，这么不好听呀	189

第五辑　兴尽晚归舟

一切都会款款而来	195
管理自己的脸	197
生命是一份厚礼	200
春空千鹤若幻梦	204
对你好，一个理由就够了	206
哥等下雨呢	209
买两把青菜，一把留着老	212
生命中，那些贤达的人	215

一心向着清华飞	218
青山在 脚已老	221
人生若只如初生	224
人生正能量	227
拆骨成诗	231

第六辑　便引诗情到碧霄

小风车　吱呀转	237
做人，做一个讨人人欢喜的人	240
最甜美的笑容给最亲近的你	243
来吧，麦乐迪	246
给幸福减肥	249
千树万树梨花开	252
昆仑雪菊	255
大橱、方桌、小板凳	258
瓶底的栀子	260
万树桃花月满天	263
情人眼	266
生命是场博弈，过程就是奖赏	269
桐花万里路	273

第一辑

守篷窗、茅屋梅花帐

我是个村郎,只合守篷窗、茅屋梅花帐。似水流年里,我长成了自己想要的模样……

幸福流年

生下来时,他的衬衣裹着。满身血污,却不影响他的疯狂,抱着亲呀亲呀。窗外观望的邻居猜测,一定是儿子。瞧他得意的模样。

却不是。他摇晃着脑袋。又是丫头怎么啦?再多也不嫌的!

她却暴躁。指甲大的药片,我咽不下。她眼一瞪,用筷子在灶台上捶了一下,药片进肚了。那个稀饭,可以照见人影,偏偏还飘着菜叶。当下不干了,小嘴一扁,她再一瞪,眼泪和着稀饭咽下了肚。

从小就知道。跟他可以撒娇,可以卖乖。跟她却不行。君是君,臣是臣。只想着将事情做好,战战兢兢地等待她的肯定。

九岁的生日。他从几千里外的水路赶回。说是替我过生日。她朝他白一眼,一个小屁孩,值你劳师动众?他不看她,把我举得高高:"想我没?"用脚踢他的心窝:"不想不想!一点不想!""真的?把嘴张开。"听话地把嘴张开。他的口水吐了进来。啊,恶心死了,立即地动山摇地哭了起来。她火了,一把操起扫帚对着一大一小横扫过来。他带着我飞奔几里，农庄的中心路，一路洒下的全是我们的笑声。隔一段时日，他又说：想我了没？不想不想一点不想！真的？把嘴张开。再次听话地张开嘴，又是口水，照例又是一番地动山摇地哭喊。这下她不打了，对着我骂："你就不能长点记性？"

十岁了。躺在他怀里。他问：想要个什么礼物？转着眼珠朝他看：一个书包？一个新文具盒？这些在我，都足够了。他神秘地笑。送你一座楼房。什么是楼房？朝着他问。这样。这样。上面还有一层。嗯。我知道。书上有过。一幅壮锦。他拍拍我的头，傻瓜。那是假的。我送你真的。

每天放学，就朝家飞奔。历时半年，他许我的生日礼物终于完工了。啊！和小伙伴们疯疯癫癫上上下下地奔了足有几十趟。那是我们儿时的天堂呀。方圆多少里，就那样一个怪物竖着。再长大些，我朝他挤眼：你还真勇敢呀，送那么难看的一个礼物给我。他很受伤地看着我：好不好我们是全镇的唯一？这么英武神明的一个人，怎么不多多表扬？

十九岁的生日。和他单独在学校过的。他大把的钱，全悄悄塞到我的枕头下。送他返程时，才知道他除了车票的钱，一分也没有了。正是午饭的时刻，朝他坏笑，要不要我请你饭。他涎着脸皮："要。"看他在我面前斯文地吃饭，想起家中的她，其实我的生日，她是最辛苦的人。要不要带件礼物给她？他说："要的。可是我没有钱了。"他在我面前一直不知道害羞。就像我，每每闯下祸端，都等着他摆平。给她挑了一身套裙，灰色，上面有着碎花。她逢人就骂："这么丑的颜色，可穿不出去。"一边这么说着，一边每有重大场合，一律是这身衣服出场，而每次的台词基本都是一个样："那两个有病的人，饭还没吃饱，献什么殷勤，丫头的生日送我什么礼物？"

二十二岁的生日。他的脸黑了一天。"我一天活着，这生日就不会交出去。"跟乡俗别扭呢。嫁出门的女,生日是要交到夫家的。这好比剜了他的肉。用菜刀把鸡鸭追得满院飞:"谁让我交出生日,跟谁急。"堵着他哈哈乐:"放心,没人会抢了你做爸的权利。谁爱花钱谁花去。我不介意一年过它三五个生日的。"

就这样,自二十二岁起,我的生日,每年都过两三回。他一次。夫家一次。再有朋友闹起来,还会有一次。

今年的,他和她早就开始计划了。前天晚上,她电话。他在一旁着急地插话。她在说,到时直接过来吃饭就行了,我们都准备停当了。他的声音很高:"就你容得他们水手不湿!"哈哈,他跟她,终于倒过来了。他变得暴躁,她反倒柔情似水起来。

逗他:"有人许我的香车美女呢?美女就不用了,我就是。香车可是多多益善的。"他耍赖起来:"这不是老了嘛,会有人替我送的。"啊啊,我的他和她,生我时,二十多的正茂年华,怎么弹指之间,说老就老了?

不对不对呀。是我老了。他们还小。嘿。幸福的流年里,因为有他和她,我还可以做个甩手的掌柜。幸福的流年里,因为他和她,我依然可以做个任性胡为的孩子,今天一定要容许我矫情一次,爸爸妈妈,爱死你们了……

温情插饭

那时不过六七岁光景吧，母亲一人在家带两个孩子。日子过得很是清苦。米是紧俏物资。母亲常将玉米碾成末，或做饭，或熬粥。

家里有个小畚箕模样的铁器。可数的几把米被妈妈放在铁器里藏起来。终于到米出来的时候了。家里来了客人。客人是从兴化来的，母亲让我们唤做熊伯伯的。熊伯伯来作客，是我和姐姐的盛典。

熊伯伯总是从家里带来两条云片糕。粉红纸包裹着。在我们的口水中撕开外面的粉红纸，里面躺着长条的大糕。很像是粉妆玉琢的小美人，通体洁白，正中位置点一个玫红圆点，是美人儿顾盼生辉的双目间点着的朱砂痣。和姐姐只舍得掰开小小的一段，托在手掌心。手掌上也许还沾着狗尾草汁，或者有蝉壳的味道，都顾不上了。掌心里托着洁白的云片糕，舌头轻舔着云片糕。整整一天，那股甜香都停在嘴边！顾不得客气，我和姐姐坐在门槛上，将云片糕分成极均匀的两份,天才晓得,我们是如何将那些薄得像层纸的糕片数清的!

更幸福快乐的时光是开饭时间。我和姐姐终于看到母亲端着那个装米的铁器出来了!看着母亲一脸温婉地在水里轻轻地转着米篮,那样的几粒米在水里分外洁白饱满。我和姐姐趴在水盆边眼不错珠地看,熊伯伯过来阻拦:"不要张罗!我们家长米呢,米还是留在平时做给孩子吃吧!"

母亲只笑着,手里淘米的速度不减。我和姐姐却希望不要当真了才好。母亲一当真,米要晒干了重新收起来,我和姐姐闻一闻米饭的香都会成奢侈。

米淘净了。母亲在锅里放了大半的水。玉米仁、胡萝卜放在一侧。我和姐姐叹了口气。这是我们娘三个的口粮。我们天天吃,都快长成胡萝卜了。母亲用根竹筷轻轻拦在玉米仁胡萝卜边上。在锅的另一边倒上了刚淘好的大米。我跟姐姐乖乖地爬下观望的凳子,抢着钻到灶膛前面,炉火映红了我和姐姐的脸庞,我跟姐姐兴奋地往灶膛里填草,鼻子轻轻地吸着,一股飘着大米香气的水蒸气在空中冉冉升起,我和姐姐兴奋地从膛下站起,伸长脖子贪婪地嗅着空气中的米香。香气持续了好久,母亲在一旁唤:"好!停,可别糊了。"

吓得七手八脚地灭了火。我和姐姐伸长脖子看母亲掀开锅盖。

半江瑟瑟半江红。半边锅里是黄灿灿的玉米仁胡萝卜。另半边是白松糯软的大米饭。我和姐姐趴在锅的上方,像屋檐下两只张大嘴巴的燕子。

饭被母亲盛了上来。那个最大的海碗,果真盛满了纯白米饭。四周还蒸腾着热气。我们的两个小花碗,也被端上来了。是那种黄里夹着白的,一定是筷子挡不住的米粒过了界,被母亲装进了我们碗里。再有一碗纯黄色的大碗,那是母亲的无疑了。

我和姐姐噙着泪开始用筷子拨动自己的碗,低下的头颅始终不忘用眼睛死死盯着熊伯伯的碗。那么大的海碗呀!那么多的米饭!

熊伯伯终于坐下来了。乐呵呵的模样。我跟姐姐撅着嘴,赌气不朝他看。他刚来时,带给我们的兴奋已经荡然无存,现在收获的是我们满眼的敌意,他怎么可以吃那么多白米饭,那么多白花花的米饭!我跟姐姐对视了一眼,恨恨地撇着小嘴,再不唤他伯伯!再不唤的!

熊伯伯用筷子夹我们碗里的一根胡萝卜:"你们俩吃的什么好东西呀?怎么跟我的不一样?"我跟姐姐再次对视了一眼,莫非他不认识?我俩齐齐地答:"胡萝卜!"熊伯伯咂了下嘴:"真好吃!我能跟你们换吗?"我跟姐姐快快地把碗里的玉米仁和胡萝卜扒到熊伯伯碗里,生怕晚了他会后悔。熊伯伯夸张地喊:"你们肯全换?真肯全换?"我跟姐姐毫不犹豫地把自己碗里的玉米仁全扒空了。我俩的碗里已经全是熊伯伯的大米饭了。我们塞得满满一口大米饭,含混不清地答:"全换全换!"

熊伯伯仰脖大笑,将碗底仅剩的一点点米饭也扒拉到母亲碗里。母亲怎么也不肯换,我和姐姐嘴里包得快说不出话了,还不忘劝母亲:"换给他呀!他家里有的是呀!"

后来才知道,熊伯伯因为当年在芦苇荡上割草,差点被饿死,是爸爸妈妈匀了他口粮,才撑过那段困难时期的。活转过来的他,感念父亲母亲对他的接济,每年都会带些礼物过来探视。他每年带来的两条云片糕,一盒百雀羚,总要节省很长时间才凑得全。他所说的自家长米,通常也只能吃到米糠。

儿子凑在我的电脑上,看到我的文章题目,问:"妈,什么叫插饭呀?"呵呵,不过是三十年的光景,这个情形说出来儿子会以为真的吗?我却因记忆中的这份插饭,而倍觉现在生活的美好。真庆幸,对于儿子来说,这只是天方夜谭,对我们来说,也只是儿时一抹温情的记忆了。

是谁宠得你挑食依旧

从小便挑食。挑得厉害。那时贫寒,原本可以吃的东西就不多,再挑食,很难养活了。

妈妈有过纠正。最怕吃菜粥。菜饭还行,菜粥一看,眼泪就下来。妈妈没有那么多柔情,一句话不说,往自己碗里一倒,吃完做活去了。

爸爸却疼爱。爸爸在外混得还行。每每替人家办事,人家要有酬劳,一律要求换成大米。家里有个挑食的丫头,太难搞定。

所以较常人瘦弱。不仅是菜粥不吃。猪子身上只吃纯瘦肉,鱼只吃刀子鱼,且大小要适宜。小了有卡,大了味不入骨。豆腐卜页不吃。大蒜茨菇不吃。开始还不厉害,后来才引起大人的注意。

爸爸的朋友请客。最铁的朋友。我们一家,在那里住了好几天。朋友是个海门人,且在乡里有些名头。那几日的饭菜排场且奢侈。去的客人赞口不绝。唯有我,一直恹恹,且发起了低热。妈妈有些无措。妈妈不知道我哪里怎么啦,那段日子是在云端,少有的锦衣玉食。我却病了。妈妈抱在手上一直晃荡，找不出我的病因。别人也在担心，这孩子如此瘦弱，喂大都成问题。饱食三餐的客人实在多，红光满面地越发衬得我病病歪歪。妈妈没有办法，只得把我抱到朋友的奶奶家。

  两个老人，一豆灯光，咸菜就着薄粥，隔壁的喧嚣似乎与他们无关。我却从妈妈手里挣脱开来，摇摇晃晃地走向两个老人。我爬上了奶奶的腿子，在她的怀里，连吃了几碗粥。妈妈惊呆了。朋友家连日里都是饺子。那是过年才有的盛宴，贫寒人家，莫说是饺子，饺皮也难置办周全！

  我的挑食让家人手足无措了。到外婆家，是最被纵容的。两个姨父换着花样来喂大我。三姨一脸担忧地看着我："这孩子。长大了看你敢不敢挑食。到时男人要吃好的，孩子要吃好的。只怕你到时，什么都往嘴里塞的！"

  说的是实情。中国式的家庭，没有一个女人不是这样。好吃的好穿的，先要尽着男人、孩子，最后的残饭剩羹才轮到女人的。妈妈和姨妈，都在指望日后的婚姻，可以治好我的挑食。

  十八岁那年，生了一场大病。爸妈在床前连轴转。一个病房，我最难侍候。那天爸妈没来，邻床叔叔说，我做饭给你吃呀。点点头乖乖地等饭熟。叔叔家小丫头小我一岁，什么都吃。生病像是疗养，不过几天时间变得又白又胖。叔叔的手艺我旁观过，做熟能吃而已。那天，叔叔饭做得时间有些长。能理解。是那种火油炉。在医院里的走道里。叔叔个子挺高，半蹲在火油炉前，颇有些滑稽。

  两个小丫头被叔叔请到了床边。我们同时欢呼出声。她是因为少有的盛宴。我是因为叔叔的心细如发。猪子身上只吃瘦肉。鱼只吃刀鱼。且是大小适宜的刀子鱼。这是爸爸妈妈偶尔跟人家话家常时提起的。叔叔是个五大三粗的男人，素昧平生萍水相逢，却容得我偏食如此！

后来的婚姻里，先生纠正过一段时间。在他的带动下，很多东西可以端上桌了。后来怀孕，因为营养不良，被医生警告过，为着儿子，居然有段时间什么都不挑的。

一段时间迷上养花，那个养花的爷爷，从前的日子很苦。一天一起吃饭时，我的半边碗里全是挑剩下的饭菜，爷爷直接往他碗里一倒。我在一旁瞠目结舌，跟老人的距离一下子拉近。这个世上，老爸一直吃我的剩饭，两个姨父到现在都是，只要我有为难的表情，碗里剩下的饭菜就全到了他们碗里。

近日的做饭任务交给了老爸。我在店铺做饭，更多的时候，直接回家拿。店铺里的小丫头猫食一般，跟我有得一拼。某日，小丫头琦琦说：瑛姐，看你被老爸宠得。

有些赧然。我跟她们的年岁相差远了。她们有所不知，岁月的历练里，我已经知道权衡饮食的重要。但我的周围，我的亲人朋友，他们的爱宠，我来成全。愿意让他们记着我的饮食习惯，愿意让他们由这个最小的切入口，爱宠我一生。

前日送儿子。车前是小丫头们逛街带给我的珍珠奶茶。她们知道我最爱。正是送儿子的时间，便挂在车前带给他了。小儿雀跃着接过。却在进校门的瞬间，复又挂到了我的车前。那个刚刚高出我的小男人，已经开始用他方式来迁就他老妈的挑食了。

是谁宠得我挑食依旧？在我上有老下有小的华发早生的年纪？身边的他们，张开手臂，围成的圈，我懂，那是受用一生的爱。

大约在秋季

卢姐姐回来啦！一群写字的人，忽啦，又聚到了一起。

文字与我，有段时间，是谋生的工具。每天，听键盘嗒嗒，铅字变成钱钞，小日子如花。却在近两年玩起了失踪。

我常将不长的人生，划成几个阶段。像接力赛，一段，一个起点。一段，一个目标。那年我写字，一台电脑，一张木头小椅。每日埋头，不敢懈怠，渐渐地，在外面发了很多。自然便认识了小城里很多写字的前辈。说是前辈，不只是文字上功力深厚，对我们这些新人，宅心仁厚，关爱有加。虽然我是个不善应酬的人，常常会被她们拉到一起。

姐姐附在我耳边，悄悄地说，如果我们早认识几年，一定可以帮你解决好多事。淡淡而笑，姐姐怎么懂我？我非一般女子，这个世上，一切的磨难或者挫折，在我，都是一笔难得的财富，都是一段令我感恩的经历，何况，我已是风雨中一小荷，经历过洗沥，正迎来人生中的金秋，卓然而亭亭，丰沛而招摇。

几个姐姐，身居高位，日子幸福安定。她们把我这两年的消失，看成无奈。因为转身之前，没有太大的胜算，即使亲近如她们，也未敢实言相告。两年时间，我在她们的世界销声匿迹，QQ换了，博客停了。文字断了。维系着的仅一手机号码，中途联系我几趟，我都没能参加。今天我的出现，让她们长出一口气，而我飞扬的神采，更让她们放心了。我又回来了！未敢远离哪忍相忘呀！

刘老师位高脾气却极好。有段时间，他编书，我就帮着做做小事。恍然两年，刘老师关切里有隐隐的担心，真正的朋友，他们看穿你笑容的背后，是否还有什么心酸。两年，我携着我的文字，做了一段旅行。一场成功之旅。我用文字，在从商的路上，铺就了一段幸福与美丽的相遇。是文字，使我的客人，可以从屏幕那端，迅速与我走近。是文字，使我的客人，于芸芸众生中，独取我这一瓢饮。当年也只是尝试，现在却初见成效。两年时间，我完成了自己的转身，用坛子里的朋友语：买卖并文人着。刘老师起哄："请带我上路，我幕后，你台前。"嗯嗯，都行都行。怎么都行。两年的决心真大，当年在文字上花几年时间拼下的阵地，说丢下就丢下。人生的舍与得，虽然表面的我，果敢决绝，心底的不舍与牵挂，再见我的老师我的姐姐们，我才知道，那份念想有多深！

很喜欢这样的相聚。卢姐姐随女儿去南京定居，偶尔回大丰，便是我们这群人的盛会，隆重相约快乐相聚。冯老师是我的小学老师，小城里的铁娘子，巾帼中的传奇，却越发变得柔情似水。老公患着很重的病，却未见她面容上一丝愁苦，儿子唤回身边，享天伦之乐。冯老师杯举得高高，白酒仰脖而下，脖间浅灰的丝巾妩媚而风情，俨然那个绣红旗的江姐，冯老师的一番话差点让我潸然泪下，我的小家我又未尝不是背负沉沉责任？女人再铁，在自己的家人面前还是一汪泉呀,只是那责任落到一个小女子身上,怎能不让人生出丝丝惋惜与疼怜。如果可以,当拥她入怀呀!

姚姐姐在远处朝我挤眼,姐姐来自水乡,那双大眼睛水灵灵亮晶晶。长长卷卷的睫毛,婴儿般地依赖与不设防,只消望一眼,便会深深地喜欢上。姚姐姐家先生,是这个城的父母官,姐姐每每用美丽温婉的文字,让我们看到他们最朴质平凡的一面,这是一种更高层次的美丽,卢姐姐在一旁说着他们的初识,要的要的,如此可爱的小女子,再多一份情深又如何?只是姚姐姐家小女的一番话,让我们莞尔:"我妈才天真呢。"她说是的姚姐姐中年写文。小人儿涉世未深,却一语道破天机:文字使人心境澄明,心底深处的美与真,常常会被这样激活,如此说来,真的要感谢文字呀!一时之间,大家齐齐举杯,五个女人五朵花!

夜风中挥别,目光中一一相送。"你问我何时归故里,我也轻声地问自己",忘年的人群,难舍又难分。此次一别,人生金秋。应该把这样的相聚,看成途中的又一次加油。纵使前路茫茫,重重祝福背肩上, 我们是那个秋风中挥动翅膀翩翩而飞的蝶,美丽蜕变逶迤向前。

带着我的晚年上路

早年,在城里做计算机老师。初来乍到,且身量娇小,孩子们颇没有放在眼里。计算机课原本是一门最让他们疯狂的课,再遇上不放在眼里的老师,孩子们的失控可想而知。

那天,我突然爆出一声:"安静!"孩子们吓了一跳。他们知道,山雨欲来风满楼,他们也知道,暴风雨就要来了!他们忽如噤声的蝉,肃然而立。一群六年级的孩子,过早发育的身高,徘徊在行间,我确实不能容忍课堂上的放肆与对我的视而不见。

但没有发火。我的声音变得好轻好轻。我给这群孩子讲了个故事。一个发生在"文革"中的故事。一个美国小伙子,父亲来自中国大陆,自他出生的那天起,便听父亲呢喃呓语,全是中国的事情。小伙子对这个养育了他父亲的国度,充满好奇与热爱。他便偷渡来到了中国。在一所中学当起了老师。得到了多少孩子的爱戴呀。小伙子有着最率真的本性,带他们唱歌,跳舞,学习更像嬉戏。然而有一天，率性的小伙子居然跟孩子们说起了自己的身世，说起偷渡的惊险，完了小伙子还用食指嘘了一声，这是我们的秘密，你们可不许说出去哦。

那是个疯狂的年代，那样一个率性可爱的小伙子，最终栽到了自己的学生手上。小伙子被充军到北大荒，从事着最苦最累的农活，瘦弱单薄的他，最终没能逃过那一劫。数年之后，那批学生中，有人回到了这所中学，当了校长。校长换去了原先的校训，他的校训最朴质：爱老师。爱父母。

校长说：爱祖国爱人民，道理太大。我要你们先要学会爱自己朝夕相处的老师，爱生你养你的父母。

故事戛然而止。我的教室里鸦雀无声。

小儿眨眼就成了半大小伙子。像只胀足了气的皮球，每日里蹦跶，兀自跳个不停。老师觉得头疼，我也束手无策，我不是一个玩球高手，不能让他在我的身前左右，听我的指挥，或者停或者缓或者上或者下，只能每天看着他过山车般呼啸而来呼啸而去。每每在被带家长之时，陪尽笑容，而后遇上他时，恨不能掐上一把，才会解恨。觉得还得应该跟他谈谈。

这个故事，是引子。我的小儿，如我的学生一般，有触动。我又说起一起写文的卢姐姐。卢姐姐机关里工作，现在退休了。这样的日子，我不羡慕。我到那一天，也会有这样的待遇。只是，卢姐姐家女儿，非常优秀。分配在南京，买了一幢大的房子，卢姐姐和爱人，就在家乡和南京两地溜溜。卢姐姐有写文的爱好，又会贴上一些照片，我跟儿子说，我要求我的晚年，像卢姐姐这么幸福。你能给我保证吗？

儿子一脸稚嫩。他还没有想过这个问题。我生命中，有三个最重要的男人。第一个男人，把我带到人世，在物质最匮乏的年代，包容我的挑食，给我小公主般的生活，在世人皆重男轻女的时代，唯有他，把我当成心尖子掌上珠，呵护娇宠了二十多年，直至我的先生横插进来。先生原先也只是个毛头小伙，一无所有。我爸交给他时，一番怎样的较量呀，千不放心万不甘心，隆隆严冬，先生坐在我爸对面吃午饭，生生地吃出满头的汗。这么多年，先生亦师亦友，在我身边站成一棵树，我只是飞在他左右的快乐小鸟，衣食无忧，甜蜜而幸福。对着儿子，我话锋一转："我和你爸的晚年，交给你了。"

先生笑了。他说，我从不怀疑儿子的为人。他日后有一个苹果，定会分给你我半个。我朝他瞪了一眼。我是个天底下最自私的女人。我要求儿子给我一个锦衣玉食的晚年。儿子有些震动。

现在的孩子，习惯索取。习惯一路坦途有我们的包办与安排。他们安心享受便是。我有要求。我望着他，我很正式地说。

爱是一场接力。你爸从姥爷手里接过我时，有着最隆重的仪式，郑重，而全力以赴。你成年的那一天，你就要从父亲手里，把我接过去。我的晚年理想是，一扇落地的窗，一架钢琴。我坐在琴凳上放歌，你爸在一旁写字，或者不写，阳光自帘边倾泻，一室花香。你能给我保证吗？

跟朋友聊天时，说起这一段。朋友说，你太贪。我只求儿子有水喝时，给我半碗。错了。中国父母习惯了给予。我跟儿子说，你还记得我们买房的经过吗？

我们原先在乡镇有个很漂亮的小家了。后来进城，我一直不安分，总想着飞向远方。于是一直租房。小儿才六岁，一时搬进我们租的套房，乐得直翻跟头：妈妈妈妈，我要一个人住三个房间。我朝着先生苦笑，房是必须买了。为了小儿。

我继续紧盯儿子：在你成长的过程中，我们为你创造最好的条件，竭尽所能，只要你要，只要我有，远远不够。砸锅卖铁踮脚拼凑。妈妈的晚年,你可以背负吗?

看北大学子的进校感言,有个孩子最触动我的,便是他所说的责任感。他说,他前进动力来自一种对社会的责任感。我不怀疑这个孩子说的话,周总理十多岁就知道为中华之崛起而努力,这个孩子亦属于这种先知先觉的类型。我的小儿,平凡且懵懂,我就做一个最短视的妈妈,只要给我锦衣玉食的晚年,便是他对整个家庭的责任感了。

儿子高一了。身高早早超过了我。隔三差五,还会被带家长。我已能波澜不惊。如果这是成长的必须,我且当成磨合。跟先生在拍照,先生已经没有了平时恨铁不成钢的火气,他问,你说,咱们儿子以后会成为什么样的人?我笑。一个非常出色的人。先生口气少有的温柔,怎么这么笃定?

他的身上流着我俩的血。当年我妈,四十亩良田,她一人的舞台。我来做淘宝,最初的一年,进货拍照客服包装全是我一人,光是图片便八千张,因为妈妈的血液在我身体里奔腾。我和先生,都是拼命的类型,掠过儿子成长的枝枝节节,大方向里,他就该秉承我们的拼命。

他能背负我的晚年,快走如飞。

慢茶惹人生

阿康常相邀,来喝茶吧。终于在今晚成行。却原来,人家有一整套专业茶家什的。

只是只是,习惯了牛饮,接过阿康递来的小茶盅,竟有隔世之感。就像自己,习惯如马驹般日日奔忙,这会儿坐定下来,心下竟有隐隐犯罪感,如此奢侈的夜,如此奢侈的喝茶时光。

阿康是丁丁老公。丁丁是我死党。跟我,两个不同的类型。她是深秋婉约温柔的静湖水,我是那个炎夏一路欢歌一路直奔前方的小溪流。

一应俱全。阿康开始泡茶,丁丁则介绍几经淘洗而来的茶具。原来原来,茶在功夫上呀,浅斟慢酌,袅袅水气间,竟似隔时隔空的仙乐起。

丫头在一边弹琴,乐声若有若无,如羽毛,在心尖滑过。又似细雨,潮湿了我白天打拼日益坚硬的那颗心。三个成人,似有若无,话着家常。说什么呢?

先是婚姻。

这个世上,婚姻是最奇怪的。所谓的红袖添香举案齐眉夫唱妇随,其实都是一方的妥协。一种低到尘埃,却可以在尘埃里开出花朵来的热烈的卑微。跟他们说时,不这么文绉绉的。丁丁和阿康,是同学。当年,丁丁父母特地到我工作的乡镇找我,要求我来阻止他们的恋爱。整整一夜呀,丁丁不语,只泪流。早晨时,我放弃了劝说。丁丁伶牙俐齿跟谁都较真说话一句顶俩,唯有跟阿康一辈子和稀泥。我和我姐。我姐在家为长,所有事情全部包揽,我在她的羽翼下,一直双手不沾阳春水。但姐姐相遇姐夫,却成了一个油瓶倒了不扶的太上皇,姐夫是她的小跟班,招之即来挥之即去,我爸有时都看不惯,直接唆使我姐夫,打她!我却颠了个倒。先生被宠得一心只写他的圣贤字,人间的事情都是我来,老人孩子,家里家外,老爸心疼,只恨分身乏术,无法替我抵挡全部。

还有父母的婚姻。阿康的爸妈,闹得甚至不能在一个屋檐下,阿康气不过:"让他们分开,各自弄一个房子!"慌得我赶紧阻止。我爸和我妈,一辈子没有好好说句话。哪怕是做一顿饭,两人都要吵得天翻地覆。我一直充当着和事佬的角色。一日,我妈到我面前,泪如雨下,老爸豪赌,输去了妈妈几乎一生的心血。还了得!我桌子一拍,现在就把他扫地出门!老妈一旁吓得忘记了哭,灰头土脸连夜赶回家,再不敢告半个字的状。

所以,两人的婚姻,旁人不要掺合,哪怕是儿女。

再是工作。阿康从事的工作收入颇高。我家先生说过,行业之差,确实有。阿康从事的建筑行业,在他们这个行业,十个人里面,就可以产生至少三个富翁。我们从事的是教育行业,三千个人里,未必可以成就一个。我们对钱不渴慕,但我俩有齐天的抱负,需要钱来垫脚。于是我们双双退出那个行业。丁丁最先知，却不语。我在人生中，做出很多重大的决定，都会说给他们听。丁丁多数不语。

丁丁知道，有时，朋友的劝慰，容易产生动摇，她可以在我家先生入选全国展时，和阿康陪着我们几千里路赶去参加开幕式，却不会在我们重大抉择时，轻易说一句话。这次却有感叹："我也不懂你们了。丫头字也不写了。说张老师那么好的字，也不写了。丫头找不到方向了。"先生弟子三千，丁丁家丫头是他的骄傲，小人儿悟性甚高，稍一点拨，便灵气毕现，先生极喜欢。我朝丁丁笑。曲线救"字"。这是我们这个家庭的策略。从前我们收入的十分之九付诸书法，我向丁丁保证，我们，是在替书法找一条光明大道。它需要大笔的资金来养，如果将它做成，需要有异于常人的举动。

知道阿康的事业如日中天，他们的锦衣玉食便是明证，但那些成功背后的辛劳，我们作为他最近的朋友，心知肚明，理解也心疼。

所以，长长一生，尽管八十岁时，回首往事，从起点到终点，只是那么短短的一条线，你还是得弯弯曲曲地一路走一路探，总要摸索着走来，才知道什么是自己想要的。哪怕有前人给你指明方向指定道路，你一样要摸爬滚打。同样道理，不要插手孩子的事，不要先知先觉指手画脚，他们一样要自己走过。

一路琐琐碎碎，家长里短。面前小吃物，堆成小山。茶一盅又一盅。不过是惯常的茶，不过旧时的人，却因换了容器，放慢了品尝的速度，有了别样的味。茶香萦绕，一室清辉，久久不去。帘外芭蕉惹骤雨门环惹铜绿，午夜的慢茶惹人生。人生便如茶的，品品咂咂中，旧貌换新颜，醒来的又一个清晨，定然艳阳满天。

酒干倘卖无

没事的时候，我就喜欢放这首《酒干倘卖无》，直听得自己眼眶微湿。小学的时候，这首歌正流行。教语文的是个中年男老师。老师先讲的故事，再用录音机放的这首歌。当年的种种已经记不太清了，故事却一直清晰。哑巴老爹是个捡破烂收酒瓶的，一日在收工的路上，捡得小女孩。哑巴老爹自己的日子本就步履维艰，平地里添一张吃饭的嘴巴，哑妻当即就弃家出走了。一直是哑巴当爹又当妈，将女儿抚养大。女儿很成器，成了妇孺皆知的歌星，却从此失去了自由，忙碌使得她见老爹一面都成为奢侈。当衣着光鲜的女儿在台上，一唱万人和时，老爹正如一盏老灯，耗尽最后的灯油，渐渐地熄灭了生命之火，匆匆赶来的女儿一路狂奔，一路高歌：是你给我一个家，是你把我培养大。假如你不曾养育我，给我温暖的生活，假如你不曾保护我，我的命运将会是什么？

歌声和着心底深处的血，一点一滴灌入老爹的耳。一辈子没有听到过的声音的老爹，似乎听到了女儿泣血的歌唱，老爹幸福安详地闭上了眼睛。

多么熟悉的场景。世上老父带大女儿的情形，哪一个不能跟哑巴老爹相比？我的父亲，那样的年代，女孩都是草，偏生他在生下大女儿后，又得了我。血人一般的我，刚发出第一声啼哭，喜得他一把抱起，胡子茬使劲地扎那个粉人儿。一旁的人猜着，一定是个小子，你看他欣喜若狂的样子。还是女儿。连生两个女儿，老爸还得意成那个样子，那个欢喜不是做出来给人家看的，当鼓励计划生育时，他们第一个去响应了号召。

土根家两口子都是瞎子。生的女儿却眼如探照灯，没有看不见的。女儿一大，就坐在土根的肩上，土根两口子拄着木棍，满村子跑，女儿在肩上指挥，向前向后向东向西，两口子得了人的饭食，先把女儿放下来，两口子一边催着女儿吃，一边偷着喝白水，只说自己不饿。女儿打小就会骄傲地说：我是土根家的小铃铛！

隔壁文文，六岁的大姑娘家了，却开始不满自己女孩的身份，非要学老爸赤着上身。文文养得实在好，小身子骨圆溜溜的。文文伏在老爸背上，小手一甩：得儿驾！老爸背着她满院子跑。一院子人在看呀，直看得眼底起了雾水：两个几乎一模一样的肉滚滚的背，只是一大一小而已，那个曾经把老婆打得满院子飞的暴戾男人，几时变得如此柔情似水的？

可是我更喜欢看到岁月如梭，光阴似箭以后的情形。父亲不再是那个父亲，女儿也不再是那个女儿。父亲用曾经挺直的背弯成一座桥，女儿从桥上迈着快乐的步，走进外面精彩的世界。父亲用曾经厚阔笃实的肩，站成一座山。女儿从山脚一路直奔山巅，看到外面旖旎的风光。父亲用曾经粗壮孔武的膀臂，铺成一条路。女儿从路的这头一路坦途飞奔到那头，记得回头时，恍然间，那个曾经谈笑间直教樯橹灰飞烟灭的倜傥男人，不过是一个青丝换白霜的小糟老头。

却不妨碍我爱你。我一个花一样的文友，在博上发自己和老爹的合影。文友在爹怀里笑靥如花，一个劲地问大家："像不像呀？"

怎么会像？一张饱经风霜满布沟壑的老脸，一个白皙粉嫩花一样的容颜。可分明又很像，眉梢眼角，这个小女人得了这个大男人的多少才情与风华？

那个小铃铛，一天天读书走出了小村，却怕人知道自己有瞎眼的爹娘。两个老人却怕自己的心尖疙瘩在外有个闪失，总在离她不远的地方做事。铃铛但凡看到一律绕行。当她书越读越多，路越走越长，却越来越不安。小铃铛开始戴着墨镜四处尾随着爹妈，那个城管，把老爹的盗版 CD 放在脚下肆意地踩踏，小铃铛一把冲上去，对着那人的手臂咬了下去。那人惊呼，一迭声问这个花容月貌的女孩是谁，小铃铛把惊呆的父母搂在怀里，脆声说："我是土根家的小铃铛！"

泪水自两口子枯黑的眼洞里流出。时光一下子回到小铃铛坐在土根肩上的当年。只是那个小铃铛，已经可以在父母面前站成一堵墙了，雨打不进，风袭不来。

都说女儿是父亲上辈子的情人，何止啊，走遍海角天涯，即使你腰身不再挺拔，鬓间已生华发，我仍是千万里，急赶着要回到家，承欢在你膝下的，那个由前世追到今生的，小丫。亘古不变，天地难移。此生。来世。

年画年味儿

最早关于年画的印象，是外婆家的土墙。土墙上一个一个小窟窿，春天的时候，蜜蜂飞进飞出的，到了年关，便会被糊上各式年画。

是《白毛女》。是《红灯记》。是《杨子荣》。一律的芭蕾舞造型。记忆中的大春，跟身边的男人很不一样，军绿的斗篷，赤脚绷直的脚尖，走路亦是跳的。还有喜儿，扎着红头绳的喜儿，蓝印花棉袄，不似凄苦，倒是美得让人窒息。没人想起替我讲这些故事，但我能凭着画儿，猜出故事大概。

于是，特别爱，追着年画看。

去存凤哥哥家看。存凤哥哥是个文艺中年，吹拉弹唱样样在行。家中宽裕，年画竟是从屋顶一直贴到地面的。我像个傻瓜，变换着各种角度，一一读过。高处的仰着头看，低处的，便趴下来慢慢赏读，其他孩子多数看个热闹，只瞧一眼花花绿绿的图片，唯有我，一字不拉地将下面小小的字读过，存凤哥哥称奇，相遇知音一般，下一年再买年画时，竟有意挑市面上少有的画种，在我一一赏读之后，常会远望着我，等我开口称赞。只是我那时非常腼腆，即使喜欢，也不说出口，只是在他家逗留的时间，一年比一年长。

除了家境殷实的存凤哥哥家可以看到若干年画，正广伯伯是窑厂厂长，他们家的年画，也是极气派排场的。我们早早地赶到正广伯伯家，一律的长轴子画，满目的花鸟虫鱼，梅兰竹菊，淡淡雅香，随风轻漾。怕风撕坏轴画，上下两排均有细线箍着。伯伯家会有糖块招待，还会有小人书借阅。伯伯也算有心之人，上批小人书，必得看完归还，才可以借下一批的，而且他会设置门槛，还过去时，必定要讲出个大概，才能借下一本的。单单这一条，就吓倒了很多小伙伴，后来再去看年画借小人书的，就剩下我了。伯伯与父亲相知甚深，常常抱我在膝上，点菜般地问我，还要准备哪些画？

于是，下一年，我在伯伯家的墙上，看到了《阿Q正传》，看到了《风雪大别山》，看到了《庐山恋》，看到了那个风华绝代的小凤仙。想着，那些怕是我的最早的文学启蒙吧？阿Q那条大辫子，盘旋在我脑中很多年，那个其实只是个电影梗概，我凭着那样的片言只语，出神发呆，想象着画面以外的世界。

东升家的年画，则是另一个世界了。他们家一律是世界名人。多数人家的年画取寓吉祥如意，或者用美女养眼，要么年年有鱼，要么鲤鱼跳龙门，东升家则是满屋的大胡子男人：马克思、斯大林、白求恩、列宁、毛泽东……每个春节，他们家和年画一起出现的，还有一大奇观，便是各式毛主席像，各种材质，各种大小，各种颜色，各种神态，足有几百上千之多，用一个一个玻璃镜框一一呈现，收获我们的目瞪口呆和无比艳羡。

我们家的年画，则比较没有主题。父亲只会挑热闹的选，有一年，竟把《水浒传》贴了满满一家。那个年，我快乐得近乎在飞，那个林冲，是我儿时的英雄。后来，父亲竟又选了《穆桂英挂帅》，啊啊啊，那些曾在外婆嘴边飞着的英雄，一下子落到了实处，我的小手在穆桂英长长的山鸡翎子上，抚了又抚，摸了又摸。

后来的年画儿，越变越漂亮。家里的墙也越来越高档，年画不再往墙上张贴了，都改成了各式的年历，竟可以设计成自己的写真了。

可是可是，"人世间有百媚千红，我独爱，爱你那一种。"昨夜又做梦了，梦见自己变成了那只快乐的小蜜蜂，在外婆家的土墙上飞来飞去，一旁的白毛女，发如雪，颜如玉。

诗酒趁年华

1

四婶过世三年了。去老家看她。人生一幕剧,她的,过早谢幕。四婶七旬老母,瘦小却还精神。扶着四婶墓穴的飞檐,张口便唤,我的大肉哦。

四婶倒在五十三的壮年,父母双全。白发人送黑发人,那份凄惶,不忍卒读。扶住外婆,生怕原本风中残烛的她,再一风吹,就此飘走。

四婶有一独子,我们堂姐妹四个,行女儿的礼,这样,儿女们置办的高楼大厦,华衣丽裳,美酒佳肴,一应俱全。一把火烧来,人间的这些,渡向天堂。节省一生的四婶,自此银钱如水哗啦啦。烤成瓷的小照,不怕风吹日晒,四婶冲每个人嫣然而笑,四婶成了翩跹在我们心中的蝶,飞入记忆深处,留在了四月春风里……

2

爷爷奶奶要去看的。爷爷过世时,我才二十出头,转眼,儿子身高都超过我了。姐姐点着纸,念叨着:"爷爷奶奶,我们姐妹来看你了,明天清明,你们看着给自己买点什么吧。"风很大,火卷着纸,飞扬着,吹到我的白衣上,我跳到他们跟前:"爷爷奶奶,看看你家的仙女,长高了没有?"

今天的白衣,仙女一样的衫。童年的我们,家贫,又是女孩,并没有得着爷爷奶奶多少宠爱。那时的亲人,都是疏离的。我的记忆里,跟爷爷奶奶就没有亲近过。很是后悔,懂得太晚,我应该在他们活着的时候,腻在他们怀里,跟他们胡搅蛮缠。那时不懂,越是亲人,越是选择忽视。我透过玻璃小窗,想看看生命中最重要的两个亲人。

爷爷奶奶默然。有树叶飒飒。

3

离开老家很久了,很多熟人,居然都住到了那里。伯父六十那年,便过世了,至今十多年了,就躺在爷爷奶奶身边。四爷爷四奶奶原本就住爷爷奶奶家前,现在还是这样的顺序。那个因公殉职的警官,做了爷爷奶奶的邻居。隔壁夏家爷爷奶奶,一定家境不怎么样,坟前冷落,墓也异常简单。这些都要一一拜过的,这么多年了,想必爷爷奶奶因着他们,也不会孤独寂寞。

锦兰奶奶正和爷爷一定要去看的。给他们带了烟酒,还有冥币。他们其实和爸妈年龄相当,辈分长了一辈,却在六十出头,就双双走了。儿时的无数个日子,都因着他们的宠,格外温暖难忘。正和爷爷,跟老爸一同出生入死情同手足多少年,锦兰奶奶自己没有女儿,视我们如己出,让我难以释怀的是,锦兰奶奶从上海手术回到小城,在医院居然能把我认出来,而我后来,因为事情耽搁了,没能再去看望她,没想到,居然成了永别。"锦兰奶奶正和爷爷,那时你们总愁着我长不大,现在小宝都这么高了。"我让儿子跪下去,"叫老太和老太爷",儿子格外听话,跪拜如仪。

然后是存风哥哥了,来得匆忙,未及准备哥哥的琴棋书画,还有他爱着的书本,我把纸点燃:"哥哥,喜欢什么自己去买吧,今天来得急,没准备好。"石碑上的哥哥,青丝依然,额角的疤痕若隐若现,哥哥的笑容竟带了调皮的。哥哥的一生,没有爱够,没有活够,一抔净土掩风流,地下的日子冷暖哥哥自己担当,那边的日子也会有鸟语有花香。

4

回得家来,晓舟老师请客。几个码字的,又聚到了一起。不过三五人。相谈甚欢,跟他们谈扫墓,生平第一次烧纸。谈那个地方,儿时,竟是不敢朝它看的。对于一个初涉人世的人,死亡是件极其可怕的事,而墓地,更是目不敢及的。及至年长,便能坦然面对生死了,穿梭于墓丛中,看看众多相熟的人,不过是换了另一种面对的方式,要对他说的话,依然可以说。而他们,一样侧耳倾听的。

只是仍然惆怅,若是他们仍在人世,看到我来了,还不定乐成什么样的。再这么想时,倍觉今天聚会相处的难得。我不饮酒,我举起茶,敬着席间的每一个人。休对故人思故国,且将新火试新茶,诗酒趁年华。趁着桃红,趁着柳绿,共度好时光。

银色的马车天上来

大伯家的小三,长我三岁,便常玩在一起。去找奶奶。奶奶在吴成香家后头。那里是一片坟场。却不怕。因为奶奶的田地就在那儿,爷爷老了,有要差遣的,一律是我们去。

路有些远。常常三哥背着去。这次不用了,三哥哥露出洁白的牙齿说:今天有好玩的。

啊,我尖叫着,忙不迭地爬上去。是个四轮车。四个不知哥哥从哪儿凑来的轴承,上面平铺着大大小小的木板,哥哥没有把握,先是小心翼翼地拉着,我在上面得意地扭动,开心地拍手欢笑。

只有平铺的板,四周并无遮拦,哥哥沉稳些,要求我坐下来,安全得多。我坐了下来,发现佝偻着身子,贴着木板,特别安全。我开始催促哥哥,全速前进。哥哥在前面拉着绳子,开始在乡间的小路上飞驰,奶奶小小的身影已经可以远远看到了。我急于向奶奶显摆,加油声更欢了,哥哥像小马,拉着他的车,腾起阵阵烟尘……

近了近了，乱坟已经可以远远望见。一对老年夫妇，男人骑着车，女人坐着，慢慢进入我们视野。跟他们比赛！尽管我们是相向而行，我还是感到兴奋，自行车在那个时代依然算稀有的交通工具。那两个人并不知道，我们在和他们比赛，依然不疾不徐地前行，哥哥却在我的催促下，脱缰野马般铆足了劲迎往两个老人。想像着，我们呼啸着从他们身边掠过何等风光！可是，就在我们逼近他们时，男人先是慢了下来，接着就是男人根本来不及下车，女人也来不及跳下后座，连滚带爬，双双倒地，乱成一团。我们正全速无限接近，可是那两个老人凄厉无比地怪叫起来，奶奶从田地走出来，迎向她的两个宝贝。

两个老人倒在地上，大喊救命，奶奶向他们走去。我们开始减速，到奶奶面前时，我从小车上滚进奶奶怀里，两个老人这下才看懂，哆嗦着手，指向我和哥哥。我猴在奶奶身上，奶奶挥舞拍打着我，叱骂着："这两个鬼！"哈哈，他们真以为大白天遇上鬼了。哥哥在前面梭，我穿着大红衣服，不见车轮，但见尘埃翻飞，老人真的吓坏了。

逝水流年细斟酌。昨天的快乐，成为我今天的念想。后来我坐在课堂上，教唱《银色的马车从天上来》说的是雪花飘落人间的快乐，我却无端地想起童年的那个开心瞬间，一人先哈哈大笑。其实今天的从容，又会是明日的回忆。春花又秋月，细数人生每一步，欢乐总比痛苦多，银色马车驰行长长路。

做一个守篷窗的小村郎

I

还有半小时发车。我们坐在候车室外,实在闷得慌。男人走来了,去柯桥吧?上车就走。姐动摇了:走吧?把票退了?

几分钟时间,退了原先的票。我们五人跟着男人后面,才想起来问他,我们怎么去车子那里?男人一边跟车子通着电话,一边朝我们挥手:上吧,车子在高速上等。

一辆破败的三轮车,嘎嘎着朝我们轰鸣而来。先生颇为犹豫:这个车?可是男人催得厉害:快快,马上赶不上了。姐姐拖过两个儿子,率先往车上爬。我和先生挤了上去。男人的摩托已经不见了踪影,三轮车吼叫着全速向前。我们不再说话,我坐在先生膝上,姐姐怕书生吃不消,有心要拉过我,只是看着摇晃的车,不再说话,只是扶紧了我的胳膊。

男人摩托车飞快，时不时还在接听手机。一路只听到三轮车嘎嘎的声音，现在似乎怎么也不适宜了，反悔或是停止，都不适宜。男人的摩托很烂了，随时像要瘫痪。我们的三轮车似乎不堪重负，每发出一声响，都竭尽全力，很怕它崩断了神经。小声地问司机：还有多远？司机沉稳得多：还有两个红绿灯。

男人终于停下来了，催命似的挥手，快快，跟上。可怜了我的白丝裙小凉鞋。被先生牵着磕磕绊绊走下三轮车。男人说：给20元吧。哦。是的。三轮车费要给的。零钱还没找完，正想张望下一步干什么，男人的嗓门真大：快，跟上！车子就在上面。

我和先生对视了一眼，眼神复杂。姐姐领着两个儿子已经爬到一半了。先生在后面推着我，我手脚并用，探着路基的圆孔，怎么好像都不合适。儿子从上面伸出手，在拉我。男人又在催，快快，车子在等。终于我爬了上来。应该有三米高吧？从下面的公路爬上高速。这时，我才看清，这一块，早被男人看中，剪断一块，他还加了锁，从他开辟的道上，可以直接上高速。车子早早停在了路边。男人拦在车前，让我们付了车费，男人由原路返回，这边车子还没启动，他已经消失得无影无踪。

2

终于明白，柯桥没有白来。下午五六点钟的样子，客人的货全排到了路边，上各式物流车，运往全国各地。各式面料小山一般，移动需要工具。最常见的便是那种电动车。三个轮子，车厢又平又长。一辆车停在路边，不长的座椅上，刚好可以挤一家三口。男人晒得颇黑。女人抱着孩子，孩子睡得又香又甜，不过三五个月的模样，小得让人心疼。却因为在妈妈怀里，格外安心。女人还是月婆子的稚嫩，却不得不出来奔波，因为有男人罩着，并不见她愁苦的样子。后车厢空着，应该是劳累半天后的小憩。

3

每年的今天，都不知道该怎么庆贺才好。最重视的是他。今年身体明显不好，不影响他的热心。六十多年，大半的人生，给了我。又回家晚了，我歉意地推门进去，想好怎么跟他解释，店里忙，一能脱身，就又已经晚了。他却没有怪责，接过我手里的菜，兴兴头头地准备去了。乡俗里这一天，会烧纸。我们家吃面条，他指着我："又吃又拿钱，你就是个小鬼！"偎他怀里，腻了一会儿："爸……"想说什么又咽了下去。

最近常写字，在纸上书着："我是个村郎，只合守篷窗、茅屋梅花帐。"那个男人，票贩子，在我脑中挥之不去。我们被他裹挟着，半途插上高速公路，想来后怕，可是看他花白的发，微胖的身躯，半百的年岁，每天都重复着这样危险的事，如不是为生活所迫，怕不会心甘情愿。平板车上的一家三口，倒是让我感慨良久。只合守篷窗茅屋梅花帐，幸福的含义，从来都靠自己解释，对于那一家三口来讲，豪车美宅都不重要，能够相守最幸福。

先生理发回到家，我照例端出行当，替他染发。我的手艺算得上蹩脚，常常涂得我和他的脸上手上漆黑一团，我挚爱得紧，愿意替他做点滴小事，喜欢看梳子在他头上游走，一丝一缕。

习惯在生日这一天盘点自己的人生，似乎我一直咬牙跺脚让自己变得更优秀，却原来不过是个凡俗的庸常女子。就这样挺好，做一个村郎，和心爱的家人朋友相守，篷窗、茅屋，日日天堂。

故乡的云

|

近日多梦。梦的是小狗舅舅。

舅舅只比我大两岁。父母亲年轻时，过得极难。村里祁姓长者，对他们百般照顾，妈妈让我们唤成外公外婆。小狗舅舅是他们的幺儿。

国人的辈分，有一种非常神奇的力量。小狗舅舅，只长出两岁，就因着舅舅的称呼，格外地懂事，对我事事迁就忍让。在他面前，简直就是为非作歹。

常会生气，也会撒泼，一不开心，嘴撅得可以挂油壶。舅舅责任重大，哄我开心成了每日的重心。那天不只是生气，一直抹泪，小狗舅舅急了，怎么哄都不笑。舅舅领着上了黄墩顶。

黄墩在村子的西南角，宛然一座小山。平日里竟是多了几份敬畏的。说会显灵。乡邻们常常会在家有大事时，向它求助。竟能求得碗盏瓢盆一用的。据说，后来有个贪心人，借了居然不还，便不再显灵。

平日里，是不敢靠近的。小狗舅舅求我：笑一笑，要不，舅舅带你去黄墩？

有了舅舅壮胆，我便去了。几乎是舅舅半拖着我爬上去了。看不出特别神勇的地方，只看得一个个很大的窟窿，舅舅说，当年有鬼子时，大家便钻进洞里躲起来。我伸头进洞口，又不敢深看。舅舅得了鼓励，要不，我点火给你看？

舅舅火柴划燃。黄墩上满是茅草，风一吹，火势正猛，我拍着手哈哈大笑，很快便又放声大哭，黄墩高出平地很多，那天风又特别大。很快，整个黄墩便成了火海。舅舅开始用衣服扑打，后来直接在火海里打滚，我吓得光顾着哭，还是舅舅英明，滚到一半，想起拉着我逃下土墩来。

后来，一路求学，离开了小村子。外公外婆竟很短寿，六十出头，双双离世了。舅舅成了孤儿。外婆离世时，正值舅舅高考。舅舅直接辍学了。我和舅舅一个学校，我在初中部，跑到高中部找舅舅，舅舅竟像儿时那样摸着我头："宝宝好好学。舅舅命不好，舅舅去闯荡了。"我又哭了，以为像儿时一样，只要一哭，任何要求都会被答应："舅舅不走。总会有办法的。我爸妈不会不管你的。"

舅舅却显得特别沧桑："你长大了就懂了。舅舅要挑起自己的人生了。"

之后舅舅走得特别坎坷。第一次结婚时，妈妈伸手相助的。婚姻并不如意，舅舅因为不如意的婚姻，远走他乡，再次成婚时，妈妈就没帮得上手，我们也只是听闻。

再次见到舅舅时，我也已经成家了。舅舅端着酒杯向我先生敬酒:"她是我带大的。就全交给你了!"一饮而尽,语气里竟满满我父亲的味道。而他,只不过比我长了两岁。

今夜全是梦。滚来滚去的,一点不踏实。总以为,生命中的人和事,都不过是匆匆的过客,有来会有往。可是,一些融入血脉的亲人,怎么会走散?

好想外公外婆。好想小狗舅舅。好想那座黄土墩。

2

不过是一个烧饼,就差点要了我的小命。三叔从远方回来,带了烧饼。那是个多么稀罕的宝贝!三叔托在手心,要我叫他。最爱三叔了。都说我的单眼皮特别像三叔,像他多好!就做他的女儿让他疼个够!不记得是几岁,应该是摇摇晃晃刚会走路,我傻傻的三叔,就因为我贪恋烧饼的美味,听任我一口气把一个烧饼全部吃下了。一定是岁数极小,否则不会差点让一个烧饼要了我的命。

我开始几天几天不吃食。开始妈妈还没留意,后来发现不对劲了。半夜哭着抱到外公外婆家。外公外婆忙不迭地披衣起身,两人轮换着抱着啼哭不安的我,竟是一点办法都没有。

妈妈连活儿也没有办法做了。抱着我,四下乱转。外公外婆也帮着抱,就是想不好办法。见到的人都会摇头,这孩子不死,还有哪个去死呀。妈妈这下痛哭出声了。还是外婆想的主意,在七队,有个老人,这种估计叫滞食,听说老人会抹滞的。外婆自己还没有过孙辈,我和姐就是他们的心肝了。连夜抱着我叩下老人家的门。

真够神奇的。居然就这么被老人救活了。就这样一个老人,可以救死扶伤,却对自己的生命也有看不开的。我上小学的时候,老人因为家事纠纷,一根麻绳解决了自己。

第一辑 宁蓬窗、茅屋梅花帐

妈妈走了很远的路，领着我，要去磕头。人群中，看到那个老人静躺着。

生命便以这样的说解，呈现在我眼前。当年他不救我，我就会是他现在的姿势。可是他让我站立着并活蹦乱跳着，他却闭上了眼，躲开了尘世纷扰。而那个疼我怜我爱我宠我护我的三叔，却因为犯了事，最终远走他乡，再回这块土地时，估计是要我捧着他了。

3

红兰姑奶奶，成了公众人物。几年前死了男人。竟又嫁得一男人。男人是外乡人，极是招摇，敲锣打鼓的。一时，村里人全涌去看热闹。姑奶奶并不避嫌，大大方方地出来散烟发糖块，一件酒红色棉袄，裹勒得中年身材，风韵犹存。乡间的女人，从来都是从一而终。男人死了，不管年轻年老着，一律得守寡。姑奶奶家三个儿女哇啦一下站到了她的对面。大女儿以死相谏，我就要出嫁了，你还结婚，让我怎么丢得起这个人？

红兰姑奶奶不亏大手笔，居然将婚礼和女儿放到了一天，村里热闹翻了天。捏糖人的货郎担，放在她家门口，几天不散。

正广爷爷，离过婚的。前妻叫兰英。不能生育，便去了上海。认婆婆做干妈，每隔一段时间，会来探老人。正广爷爷二婚后，只生下一个儿子，二妻却身亡了。三婚后，生了一男二女。不幸的是，后妻又疯掉了。兰英过来的日子，我们这群孩子便会跟在后面看热闹。兰英自己没有生育，把后来的儿女当成了宝。他们却怕兰英抢去疯妈的位置，百般阻挠兰英的探亲。兰英长得并不像大都市的人，极黑，也很壮实。因没家庭之累，显得极富足。每每探亲，我们这些孩子都可以得到糖块，越发地跟在她身后，跑前跑后。

疯妻去世时，以为正广爷爷和兰英会有花好月圆的晚年，却没有。儿女一百个不答应。兰英早早客死他乡。爷爷那样一个风云人物，最终蜷在破旧的小屋里，回老家时，我和姐特地去看他，已经认不全人了，床单上补丁摞着补丁，很是心疼。早年爷爷颇有作为，家里小人书都能堆成山的，最早的山水画挂轴便是从他家看到的。

唏嘘感叹中，小村淳朴的婚恋教育，对的时间，遇上对的人。遇见对的人，就要惜此一生，不容践踏。

4

近日很忙。再忙，也会看书。忽然就明白了自己最真的梦。再做一段时间，就会扔下手头的事，做自己喜欢的事。喜欢什么呢？那时，才上六年级。老师让结对帮扶，没地方写字，就在大衣橱的侧面，写上满满的习题，教会我的小伙伴们。爸爸的朋友从窗户里看到了，跟爸爸说，小丫头以后能当老师的，口齿清楚条理清晰。

真正做老师了，又不安分。我是那个一直喜欢奔行的人。但凡事情渐入佳境可以以逸待劳时，我便想着拔腿再次奔行。再回首时，我会安安静静地码我的字，像我最初说的，有 天，我的文字，铺天盖地，那是我的梦。最真的梦。

今天又唱歌了。唱给自己听。泪湿眼眶："我已是满怀疲惫，归来却空空的行囊"。喜欢它微微的忧伤，但想不通这句歌词。故乡，终是疗伤的地方，只是出去闯荡一圈，怎么就空空的行囊？人总会在碰得头破血流之时，才想起母亲怀抱的温暖，我等游子，总会在夜深人静时分，静想，手头拥有的这些，是不是自己所想？

如此一念，我亦是空空的行囊了。

尘埃落定

君回家了,丁丁约着大家一起小聚。

一群女人,骄阳过午花开七分,丁丁家简总说,一群老女人。华捂着嘴:老女人别有一番味。我接口:余韵犹在。

哪里是余韵?从前一直丑小鸭着,记不得有振翅飞翔的时候,突然就老之将至了。

跟她们聊天,一早去取钱,银行窗口,遇上班上男生建龙,龙先生气宇轩昂,这几年事业颇顺,外形上显出几分气势。同学时,相处较多,后来又陆续遇到过几次。多说了几句。龙先生在列举,班上哪些人混得不错。陆局不错,青云直上年纪轻轻身居要职。耿哥憨厚,早早参军,早几年就官居舰长了。

哈哈,我差点摇着我的老同学乐,社会对女人还真宽容呀。我跟龙先生说:得。咱们女生不比谁混得好,我们的任务就是带好老公和孩子。

是的呢。晚上一起的全是女生，我先来描摹一番，看说得几成像。先说华，高挑个子瘦削身材，白色吊带白中裤，外罩青花瓷清新绉长衬衣。从前都叫她猫咪，伶牙俐齿俏皮机灵依旧。果真是"天青色等烟雨"的天然氤氲江南水乡妹。

再是清。碎花连衣裙，中规中矩坡跟鞋，她就是一株九里香，开不开花，都有暗香四溢，说话不多，语速不快，说一句顶万句的典型。在医院护理部，有她，我们这些人一路横着走，吃了五谷杂粮再不愁生病的，反正有她。

冬梅，是我们从前最羡慕的。不只是她的长相。人如其名，还不够的。我们这个年纪，名字一个比一个老土，一株冬梅，唤的人口齿留香，听的人枝叶招摇。娇小玲珑，海门口音说普通话，娇滴滴卷着个舌。一直当我们的英语课代表。那个时候，我们全班人疯狂地学英语，英语老师国色天香，课代表又是一笑百媚生，哄得我们团团转，我们班就差全是满分了。冬梅一直娇弱，现在还这样，老公在外发展，一个人带着儿子，说话仍是那般娇憨羞答答。

还没唠上几句呢，君家两口子进来了。君一直是我们的骄傲，从前她跟我们走在一起时，人人当她是我们的老师。她就是个领头雁。没有精确问过她的身高，一米七应该有吧？骨架也大，声音粗粗的，人却跟外形极不相称，特别单纯的那种。喜欢她，她就是一轮朗月，一株银杏，一泓清泉，流水淙淙清可见底。爱人慧明是艺术家加企业家，成功男人的典范。较之从前，微微发胖，艺术家气质却更浓了。较之君，慧明更像千年盆栽，精致中见底蕴。他显然备足了课，满满一桌老婆的同学，气定神闲地颇能一一对上号。

第一个对的是我家丁丁。丁丁家两口子同时到场，她的老公简总是直接来买单的。我们这班同学，大聚小聚，基本全是丁丁安排，几乎习惯了他们两口子的热情与爽直。丁丁的名字，若仙若幻，鹤原本就道骨仙风了，还要加上翎。果真轻莹剔透，小脾气也如名，容不得太多世俗的东西。近几年迷上养花，某一日附我耳边，想那株鹤望兰了。鹤望兰比之丁丁，还是多了份艳俗。丁丁长发中分，本白的麻裙，寥寥几笔墨荷，往那儿一站，气质超群，就是一幅观之驻足的中国画。

慧明再一个对上号的是咏娟。人，其实，不管走多远，什么都不变。岁月可以带来白发，可以带来皱纹，但是属于自己的永远拿不走，包括容颜。咏娟原本在容颜上就胜出我们的，现在还是。一袭简单的花裙，一头蓬松干练的短发。眼睛很小，配上她的细鼻子白皮肤，那是小茉莉。飘窗上的一盆，长得张牙舞爪，扔到车库，准备淘汰的，被店铺小男友要了回家。不过几月光景，缀满花苞，细碎而香甜。咏娟就是这样的。慧明读书之前和咏娟曾在一个厂里。只是男人更多闯劲，一路读书进了苏城带走了我们的君，君自故乡去，爹娘在故乡，探视的时候，成了我们相聚的由头。

还有就是我的红了。红有一个天底下最讨巧的姓。郝。事实上，她就是一个绝好的人。长发脑后盘着，绿加黑职业套裙。她就是一松柏，素朴无华，不盼花期，却耿直厚重，讨老婆当讨她这样的，我虽然是个女人，却涎着脸赖着她照顾我多年，她的贤惠细腻正好填补我的懒散疏狂。

唯一没有陪我们的疯的，是君的表妹惠莲。桔色上衣黑碎底纹，是个老师，静坐一边，如池水。我们投下的每句话，会激起微微的涟漪，热烈回应自如淡定。

一桌子女生呀，声浪一阵高一阵，真的开心。要说的太多，学生时代，大都模糊。我们的孩子已经到了我们当初的年纪。说完自己说孩子，身高，体重，学习，考分。丁丁家就是朵奇葩，状元呢。跟她女儿生在同届，就是悲哀，因为有了参照，其他人开口就成了：

"我们家的不好。"

立马纠正。这个时段,做自己最重要。婚姻二十年,该争的,全有了。该舍的,全弃了。读文,说一个医生,替病人包扎伤口。最后余下的绷带,医生顺手扎了个蝴蝶结。这个医生就顶顶了不起。他治的不只是肉体,还有人的灵魂。婚姻二十年,人生四十载,这个时候,缺点都当成恩赐,不足都成为你炫耀的资本。当财富不只是金钱,成功不只是地位,那么,一切都尘埃落定,顺之安之乐之享之。君家女儿就该高,不高还不像她生的。我家儿子就该吵着闹着学艺术,红说,你们两个都这么不安分,偏偏要求儿子循规蹈矩?冬梅自卑,儿子才小学六年级呢,不答应了,就她会幸灾乐祸,我们都豁着牙做奶奶时,人家才是大学生他妈呢。

午夜十点,陆续离开。各自不同的交通工具:大车小车电车自行车步行,甭管哪种,都能到家。人生,不过是场考试,时间一到,优良中差都要交卷,甭管哪种,一个不落。

第二辑

忘了除非醉

她们的睿智、知性、豁达、大义、阅历、经验、才情、品性汩汩植入我的体内；不敢忘不会忘也不忍忘……

我的幸福 你来成全

那年,和先生成婚。你和父亲,顶着满头白发,来我爸妈面前打招呼。按照乡俗,该有热闹的婚礼,还要有成沓的彩礼。你们已经做不到了,所以上门谢罪。慌得我妈一把搀住二老:"你们生七个儿女劳苦功高,你们不用说对不起。"是你们,成全了我的幸福。千千万万人中,独独让我遇上了他。

儿子生下来了。你丢下老父,过来带小儿。你带大七个儿女的经验,一一收起。照着我的书本,你亦步亦趋。冬阳下,儿子在你的手心,开心地笑成一朵花。总有人慨叹我,小妈妈生了大儿子。后来看到你手里的小儿,才知道,儿子大大的块头,富态的长相,全遗传自你。冬阳下的祖孙俩,一大一小两个模子,生命是个多大的奇迹呀,竟用这样的方式传承!你满脸的沟沟壑壑里,都是骄傲与满足。

记不清第一次为你买衣,是什么时候了。好像是去街上,买小

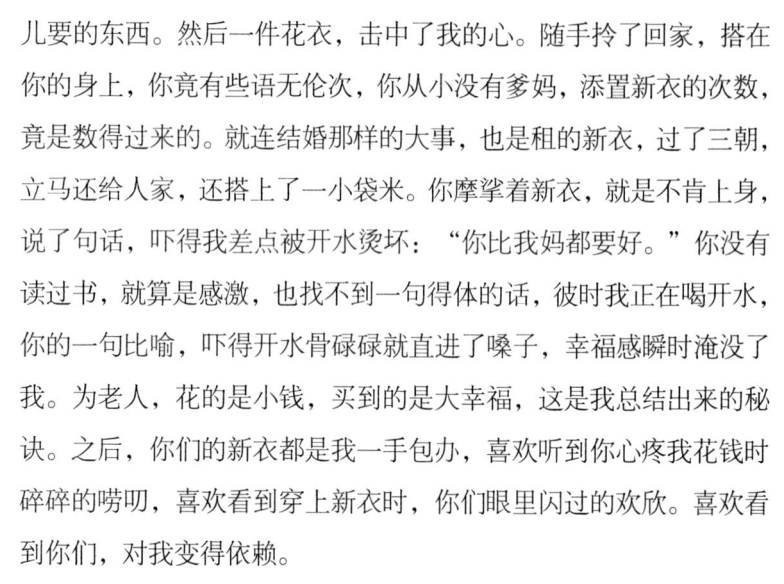

儿要的东西。然后一件花衣，击中了我的心。随手拎了回家，搭在你的身上，你竟有些语无伦次，你从小没有爹妈，添置新衣的次数，竟是数得过来的。就连结婚那样的大事，也是租的新衣，过了三朝，立马还给人家，还搭上了一小袋米。你摩挲着新衣，就是不肯上身，说了句话，吓得我差点被开水烫坏："你比我妈都要好。"你没有读过书，就算是感激，也找不到一句得体的话，彼时我正在喝开水，你的一句比喻，吓得开水骨碌碌就直进了嗓子，幸福感瞬时淹没了我。为老人，花的是小钱，买到的是大幸福，这是我总结出来的秘诀。之后，你们的新衣都是我一手包办，喜欢听到你心疼我花钱时碎碎的唠叨，喜欢看到穿上新衣时，你们眼里闪过的欢欣。喜欢看到你们，对我变得依赖。

又来看你们了。你说，农保上的钱必须拿了，还有什么粮补。我都是听不懂的。虽然我带来一堆吃的用的，还有估计你们能用上的药，但还有些预料不到的，我都是帮不上的。那个不远的小镇，在你们的眼里，不亚于国外。太多的无奈，太多的年老无能。我说，我带你去办理？

半天的时光都交给了你。陪着你去了银行，陪着你逛了小街，替你选了一身新衣。带你去做美丽的蛋糕。你很歉疚，你说，"等我们都走了，也少拖累你们了。这个地方，你也不用经常来。难来难去。"

你怎么懂？我的幸福，你来成全。没有了你和老父，这块故土，迟早会成他乡！没有了你和老父，我和先生，怎能心无旁骛一路前行？没有了你和老父，我们又怎么会是有妈的孩子像块宝？ 我拎着月饼的双手，没有你和老父来迎接，这双手要冰凉到几时？

还是得走了。朝你们扬手时，父亲就开始流泪。埋首在他的膝前，不敢仰头。每一次都怕，这样的离别，会是永别。我的父老双亲没有食过不老丹，中秋的风，随时可以凋零一片叶，我的这两片老叶，在枝头飘摇得太久。纵使回来的路再难走，我还是愿意一走再走！

你们若在，我的幸福便亘古绵延。

清泠泠的家乡水

后一句是"甜蜜蜜的故土人"。

这是我在电车上一路飞驰念下的语句。因为眼睛近视的原因,总怕错过与熟人的相认,电车上,我一直是微笑着的。今天也是。一路飞奔。和一个小少妇擦肩而过,小少妇后面载着一个小男孩。我依然笑,一掠而过。男孩立即回应,就在我要和她们错过时,小女子张口便唤:姐姐!

啊。我认出来了。是亚萍。这是我跟亚萍第二次这样的见面了。亚萍和我生在同一个农庄。记不得她比我小几岁了。那时,我们已经成群结队地上小学了。亚萍走路还不是太稳,可是那么急切地挪动屁股跟在我们身后。我们急了,站住,让她回头。她吓得掉头走几步。我们复又前进,她又折头跟过来。我们再次站住。她像一只跟路的小狗,被我们几次驱赶回家,就是不听。

后来我走得很远了，只记得亚萍黑黑的大眼睛，挪动着小小屁股追在我们身后。每忆及此，都怜个不息，练琴时，总要弹那首《玛丽有只小羊羔》。亚萍就是我记忆里的小羊羔。玛丽走到哪里，小羊羔就要走到哪里。

后来，我成了村里第一个考出来的老师。亚萍便是我们那里的第二个。后来我搬离了老家，再次见到亚萍时，她已经出落成一个大姑娘了，竟然没能把她认出，也是她，脱口唤出小瑛姐姐。

就凭这个称呼，我就认定，她是亚萍。

我们生在同一个小村。我们在同一个农庄。从前到后，十几家人家。一条河，贯穿南北。所有的住户，都在河里洗衣淘米提水。最热闹的便是午饭时间，大人们从农田里回来了，蹲在河边淘米，大声地问候交谈，孩子们小狗一般在河边欢跳蹦跶，直到家家炊烟四起，孩子便纷纷恋恋地回到自己家去。感觉像是一个大家庭，所有的人，都沿用着家里人的称呼。只是为了有所区分，会在称呼前面加上名。秀云姑姑，除英大妈妈。

亚萍后来考上师范，我也是听妈妈说的。后来，她嫁到了我们农场。妈妈感叹：都夸她人好呢。跟你一样，农场里每一个她见到的，都打招呼。她婆婆逢人就夸，说是媳妇真懂事。我笑。一方水土养育一方人。我那清冷冷的家乡水！

离家多年，唯有故乡的小河不敢忘。老家的每一个乡邻，见到第一面都会脱口唤出。十八岁那年，一场大疾差点夺去小命。那时家已经搬迁到农场。休学的一年里，没有熟人没有朋友。老家巧凤大妈妈心疼得不行，让华小哥哥停下手中的木工活，把我带回家。一直记得哥哥来时的情形，自行车，一路买了很多好吃的。把我带回小村，小河就在身旁，哥哥还像儿时那样，带我在乡间飞奔。很久没有那样开心地笑过了，老家的一草一木都让我流连不已。

后来五十三岁的四婶去世，我在她的坟前跪断了腿。一直以为，老家的亲人都在，想起的时候，只要唤一声，他们都会答应我。家后的锦兰奶奶正和爷爷存凤哥哥都去了天国。昔日的同村和四婶又成了邻居。我拜完了四婶，一一将他们拜过。抚着水泥小屋里的他们，有泪千行，久不能语。正和爷爷和锦兰奶奶对我一直疼爱有加，三餐里有两餐会在他们家吃。存凤哥哥是按村里的排行，年龄和父亲差不多大，我十五岁那年，被他押着练小提琴，说我日后必有大成，乡里的孩子一定要学样东西。可是那时顽劣，辜负了他的好意，那样一个才满天下的人，却在五十岁的年纪就到了土下，让我怎能相信怎能心安怎会忍心呀！

今年的春天，大姑七十大寿。摆下戏台甚是隆重热闹，他们起哄让我唱歌。站在台上，我无语凝噎，离开老家，我才十多岁，再回首，我已中年。魂里梦里每日每夜念的全是她呀。一曲《还是家乡好》，令台下老家人静默良久。我一辈子没有说过话的大姑，咿咿呀呀朝着我不停地竖大拇指头，她怎么知道，即便她不能开口说一句话，即便她发已白牙已落，她都是我最爱最爱的亲人，所以我会丢下手中的一切替她来祝寿。

亚萍跟我聊了几句，因为要接儿子，匆匆和她道别。心下却乐个不停。那个养育我们长大的清泠泠的小河水，又在我的眼前晃荡，这个小女人，每次思乡的病，都因她而起！电车继续飞驰，与我相伴的熟人朋友，都如路边的小树，人在前行，树在后退。却总会有这样的相遇，如岁月里的琴弦，稍一拨动，便有回响无数。老家清泠泠的河水哟！

母亲的"桃花源"

那年,姐姐在城里集资房子。四万八。父亲说,得借贷十二万。四万八让姐去交房款。余下的,承包林带,好还清贷款。父亲大笑哈哈:小城东部地区全是我的!以为说,全是他的天下,他顿了一下:"全是我的债务呀!"

林带很长。全是几十年的老树。父亲承包了下来,找工人砍伐。他原本便是个只适合摆摆花架子的人物,领着工人做,便成了母亲的活。林带在很深的田边,前不着村后不着店,方圆几十里没有人烟。母亲在那里,几乎被隔离了。

用了一秋一冬的时间,树木全被砍伐了下来。来年的春天,还要给林带栽上小树。小树的间隙,要种上庄稼,可以将土地利用到最大化。伐树的工人全部走光了,那块土地剩下了母亲。母亲在那块土地上栽树苗。播棉花,长西瓜。

夏天的时候,西瓜熟了。我和先生正在暑假,被调到母亲身边,帮着看护。

长长的瓜地中央,一个芦苇搭成的小棚。我上学时用的小粉红蚊帐顶在小棚里。里面一张小木板床。床头一盏马灯。仅此而已。我和先生拿出书,在小棚子里看。母亲,则到了田的那头。

太阳到了正中,先生说,我做饭给你们吃。那个灶,便是在高些的地方,掏了个洞,上面架着一口锅。一边,有两个盆子,一大一小。先生用大盆子端水,用小盆子淘米。米放进了锅里,开始满地里找柴火。我找,他烧。炊烟袅袅,他呛个不停,眼泪刷刷下。我笑话他,到更远的地方拣柴。

饭熟了。菜是母亲长在棚子边的黄瓜。摘下两根,切成片,浇上菜油,撒上点盐。可以了。

我爬上坡,朝远处张望。田地太长,实在无法看到母亲。我将手撮成喇叭状,我扬声唤:妈!吃饭啦!

十五里地长,我的音线太短。先生站到我的身后,学我的样,手撮成喇叭状,扬声唤:妈!吃饭啦!

再唤时,我的泪就下来了,寂寞的田地孤独的等待,我还有先生相伴,母亲在田地的另一端,是如何地孤苦无依!

母亲回来了,一路拣回她一早沿路扔下的衣服、饭碗。她把饭盛进碗里,夹了几块黄瓜,继续往田地走去,一边走,一边扶起倒下的棉苗,还有长长短短的西瓜藤。

下午过得比较快。晚上便有些考验人了。蚊子大得怕人。棚子其实就在野外,风声犀利,转着圈子吹打着小棚。我不肯睡,闹着他点那个马灯。灯光昏暗,远处的小河水倒显得波光粼粼,青蛙在叫个不停。他拎着马灯,说,带你走走?

荒圩野地,可不敢乱走。提着灯,却见远处母亲的小棚,一片漆黑,累极了困乏了的母亲,应该入梦了。她的梦里有什么?有自己如花的十八年华吗？还是她两个生下来便让她受尽苦累的两个女儿？

索性不点灯。坐在河边。对岸有人家，星星点点的灯火。跟他有一句没一句地搭话。我说，我想回家了。他说，嗯，马上就回。我说，我想妈妈了。他回。嗯，妈妈就在不远的地方。我说，我想，带着妈妈一起回家了。他不语了。我的泪就下来了。我的妈妈，在这块桃源上，已经独自呆了大半年了。风吹日也晒。雨淋霜也逼。妈妈只有一个信念，坚持到树苗成林，就是她返家的时刻了。

运西瓜的船，陆续开来。转眼我们在这片孤岛上，生活了将近二十天。两身衣服轮着换。饮的是小河里的水，吃的白米饭，黄瓜菜。没有电，没有电视，没有报纸，与外界断了一切联系，一切一切，到最俭。

西瓜全部运走了，我和先生逃走如飞。母亲却还在那里。两年后，父亲的十二万债务全部还清，十五里林带，树木成荫，母亲回到了家里。

恋爱之初，那人便许我：一个小木屋，和我一起，慢慢变老。那是两个人的桃源。我的母亲，没有那么多风花雪月，却在近五十的年纪，为着女儿的房子，守在那个孤岛上两年。

那是母亲的桃源。陪伴她的，唯有日月星辰，唯有雨雪风霜。还有过两条巨蟒。盘旋在母亲落脚的小棚里。母亲轻轻赶它们，它们不走。母亲泪如雨下：一定是天堂里的外公外婆，舍不得妈妈吃这么大的苦，才过来看望她。母亲用锄棒挑走巨蟒，母亲说："你们就不要操这个心了。我忙完这段，自然会回家。她们姐妹俩，是我这一生忙碌的理由。就像我们姐妹四个之于你们。谁也无法替代。你们走吧。我会好好的。"

巨蟒游走了。母亲浑身湿透。

那些桑枣 抚过心尖

那年小儿在腹中,过了日子,迟迟不肯出来,母亲来接我:"跟着妈跑跑吧。兴许他就肯出来了。"

个子本小,再腆着个大肚子,岌岌可危,看得人惊心,自己倒不觉得。十多里的路程,过往的车辆,无不停下来,想着捎我一程,朝他们笑,摇头,继续往前赶。母亲絮絮地说着话,我在一边,并不搭腔,满腹的心事。忽然母亲停住脚,有些兴奋:"摘桑枣给你吃?"

路边的野树,枝丫杂陈,很是高大,却有黑果,诱人。苦笑。我和她。一个临产孕妇,一个半百老妇。摇头。不想吃。"妈,咱们回家。"母亲却执着,树下直转,跳起来够。眼眶微湿。跟母亲算不得亲近的,儿时竟是有些怕她,因为她的严厉。记不清什么时候,就可以和她平起平坐了,有时,还可以吹胡子瞪眼的。这会儿,就有些不乐了。她一把年纪,为个桑枣,要是有个闪失,我岂不自责坏了?母亲并不管我的百转千回,够着了一把桑枣,巴巴地朝我递来,眼里满是热切。

跟那个男人,却生来就近。男人年富力强,常年漂在外,偶尔回家的日子,便是我们的天堂。骑在他的脖子上,得儿驾!还不够的,不知道怎么驱使他才好。那天中午,他回得家来,讨好卖乖地掏出香烟盒,满满一盒的桑枣!狂喜着接过。是那种塑料盒,装在香烟纸盒外防潮的,他快乐地摆着:"你爸厉害吧?给桑树喷药水的,就我想着抢给你吃了,不过,最好再洗一下吧?"他征询着。我奔向河边。可是我怎么懂?桑枣一进水,就浮在水面,四散开来。我坐在石板上,放声哭了起来。飘散在水面的桑枣呀,承载着我那一刻最美丽的梦,我因梦的漂流而痛哭,地动山摇。男人听到哭声忙着追过来,一看情状,什么都明白了,哈哈地笑着,衣服也没脱,直接扎进河里。

桑枣一个不拉地重装进盒里,我坐在石板上破涕为笑,男人一把拉过我,骑在脖子上,往水深处游去,刚停住的哭声变成了尖叫,我牢牢地抱着男人的头,母亲不明就里,从家里赶了过来,看河里疯成一团的一大一小,又开始了叫骂。男人并不答言,更快地游动,我把桑枣往他嘴里放,他连我的指头一起咬下,这下真疼了,我继续哭得地动山摇。

又是这个季节,桑叶田田,小儿也长成了一棵树。离桑树结枣的时间不长了,回家看他们。母亲成了一拾荒老太,不管什么都往家拾,什么都能变成钱。我朝她恩威并施:"不许再往家拾一样东西,要保持整洁?懂吗?"说话间,把她乱七八糟的东西扔出去一两样,她好脾气地应着,转身又捡了回来。那个男人,刀子剔不出二两肉,消瘦得厉害,脚也肿着。躺在床上,精神挺好,看电视度日,躺在他身边片刻,骨头硌人。快认不出来了,还是那个把我架在脖子上,在水里游得飞快的男人吗?

岁月真是好本领呀。我那样一对叱咤风云的父母大人，以不可逆转的趋势老将下去。近来的太阳，连日晴好。骑在我的小自行车上，无端端地充满喜悦，无时无刻不在想着飞翔。阳光伸出千万只手，每只指尖都抚过我的长发，丝丝飞舞。那些飘向记忆深处的桑枣，似缕缕阳光，抚过我的心尖，枚枚甘甜。桑枣都是好样的，一经入泥，生根发芽，一两年的样子，便成苗了，只要嫁接，一律长阔叶，结红红黑黑的果。我身边的小小少年，男人见了两眼放光："啥时讨老婆，让爷爷喝酒喝个够？"这是自小儿周岁以来，两个男人持续了十多年的话题。小儿颇为淡定："快了快了。老爹你要坚持。"男人仰脖大笑，恍然间，那个在水中带着我飞翔的男人，又回来了。

王六小

王六小，真看不出是个病人。

往我床上一躺，开始讲故事。

早年一段花花事。村里一个女人，和一个男人好上了。这本也不是什么稀奇的事。可是家里人非要她嫁给另一个男人。于是，新婚八天后，女人骗老公，去看电影。老公那个受宠若惊呀，裹着个大衣就去了。年关的大街，天又黑，行人甚少。老公紧了紧大衣，张望新婚的妻，突然一记闷棍袭来，直取他的性命。应声倒下，便有一汉子，把他拖了扔到桥下。还有气呢，兀自挣扎，汉子生生地把他按在水里，直至证实没气了才逃开。

听这个故事时，我尚年幼，再次听王六小讲起，别有一番感觉。王六小张口便来："真有她的。偷汉子又不犯法，暗着来就是了，哪能要了人家小命呀！"

要的不止一个男人的小命。行凶的正是女人的情人。爱她的，她爱的,一锅端。一个溺死了,一个枪毙了。王六小这张嘴,想被淹没都难。

王六小就是前面村子里的,老公做漆匠,自己种十来亩田,儿子结婚了,孙子八个月大。王六小几乎在见我第一面时,这些基本情况,就全倒豆子倒了出来。尽管我的性格也外向,尽管我算是比较好接近的,但王六小的爽直,还是让我自愧不如。

正是盛夏。我穿衣本不多,微雨,也没加衣。无袖的衫,脖间一真丝丝巾。王六小挂好水,回家,经过我们病房前,抱着我的光膀子,惊呼:"肉渣子,你怎么穿这么少!"我哈哈大笑,爱上她这个昵称,爱上王六小。

王六小每天挂水都比我爸提前完毕,都会来报到一下。特别喜欢她,再来时,好吃的,都往她手里塞,她不干了:"再塞就不来了。"王六小往床上一歪:"老爷子你真要戒酒了。对了,电话是多少?我记一下,到时出院了,我倒是要看看,真戒了没有?"

王六小说完了,大概也听出自己太热心了:"就当多个女儿好了。干女儿。"我那枯黄黑瘦的老爸,也扑哧一声笑了起来。

王六小再来挂水时,从贴身的包装袋里,掏出玉米,一路分发。到我爸这里时,说着:"嗯,十元钱四个。自己吃了一个,还有三个,带一个给西家小伙子,一个给隔壁奶奶,还有一个给你。"

那样一个大大咧咧的人,心细着呢。正要表扬她,一转身她又和走道的人搭腔了,这下说的全是色色的。我捂嘴笑,不插言,王六小转过头来朝我挤眼:"我妈说了,六小六小,你自己也是个娶了儿媳的人了,以后不要逢人就瞎说。我倒不服气,妈妈,是瞎说,又不是瞎做。不许瞎做,再不许瞎说,还不把我憋死呀。"闻言,我还能沉住气,姐姐早在一旁乐得揉肚子了。

老爸烟酒戒得差不多了,我们准备离开了。王六小正好进来,告诉她，她一边祝贺着，一边跟在场的所有人，一一握别。

王六小沿着楼梯下去了，走出很远，我望着她的背影还在乐。很多人，不见显赫，也未必著名，却有如一轮初升的太阳，靠近她，就有光，还有暖。

看过病历上她的本名，没能记住。就叫王六小吧，五十岁，短发，瘦小。相见未必有期，想念却是一定的。

路旁开满木槿花

我有一个文友圈,很有意思。各式人等。卢姐姐从领导岗位退下来的,如花妙笔伴夕阳。姚姐姐是市长夫人,水乡女子水灵灵的文字婉转的情怀,过目难忘。刘老师是安监局局长,冯老师是妇联主席。朱老师和晓舟老师也是小城里的人尖子,张老师侨办主任,一段时日飞往台湾,诗句与蓝天争辉。兰美女在家专职撰稿,刘炜老师男人卖女装,逸雅白天公交车上颠簸,晚上灯下写诗。还有就是三轮车叔叔。

这一帮人,隔三差五,呼啦啦就聚到了一块儿。文字面前,还原到最本真的状态,没有太多的拘束与礼仪,忘却各自身份和地位。三轮车叔叔除外。

每次,三轮车叔叔总会穿最整洁的衣服,头发打理得油光水滑,谦恭温和,逮谁都叫老师。聚过几次后,非要做东,回请大家。在一个饭店里,几个人去晚了,三轮车叔叔又是电话,又是门外等候。

后来，女儿出嫁，邀得文友，礼金未收，送还红包时，还带了大包的喜糖。

我能理解他。一群人中，他是自卑的。三轮车叔叔的文字是多年后，遇上我，得我启示，重拾的，有着小学生的诚惶诚恐，文友中再多几个重量级的人物，他便谨小慎微无所适从。

那次，他又要求回请大家，大家说好在他家碰头，嚷着要尝他老婆的手艺。他的家，一尘不染，干净中透着清贫。一桌菜，极尽铺排，看得出十二分的用心。晓舟老师和我同去的，看到楼下的三轮车，就不自在了，再到他家，看到夫人有一条腿，不太灵便，越发如坐针毡，一顿饭他坐立不安。兰美女一改从前的豪爽，任谁敬酒，都只放嘴边意思一下。他却盛情招呼，倾其所有。

我有些不忍，怕了他踮脚的迁就。后来再有聚会，三轮车叔叔有事，请假了一回，再有类似的活动，便不再提带他玩的事情。

他正常替我店里拖东西。有一次告诉我，一个客人问，他是不是才骑三轮车的？他答，骑了十多年啦。客人讶异，说他不像。他是不像，油头粉面，一本佛经放车前，等客时，就捧着书读几页。我有些明白了，他盛装赴宴，不只是对我们这群人的尊重，更多的是，不想让人看轻自己。因为有着这点小九九，他越发不肯公开自己的职业，写出的诗作玄虚飘忽，看得人云里雾里。

我笑，你不要去写那些风花雪月的东西，让它跌落人间，直接写自己每天骑三轮车的见闻，人人爱读。刘炜老师去外地，朋友招待一顿饭，吃去了妈妈一年的田地收入。隔壁邻居家活得不幸福，男人意外伤残，女人便卖身养家。这些便是生活，无一入不了诗歌的。既是下里巴人，就不用阳春白雪。就写你每天八点出车，晴天一身汗雨天一身泥，风里来雨里去，任何一种职业，都只是各人赖以生存的方式。

我们也换了和他相处的方式。那日,我们在步行街上,满手抓着烧烤,还有现煮的玉米:"叫上三轮车叔叔?"

正是行人很多时候。三轮车叔叔接电话时,奋力骑车拉客人呢:"马上到!"不长的时间,他到了。后背满是汗水,头发有一绺耷在额前,裤角用一木夹子夹着,吱一声,三轮车悠着转了个圈,停在我们面前。

早年最爱看《简爱》。喜欢小简,拼尽才华,赢取别人的赞许与认同,身处低微,心往高贵。很开心,三轮车叔叔终于肯以本来的面目出现在我们面前。

朱老师二两小酒三分醉,闹着要骑三轮车叔叔的宝车,我抢着就坐了上去。就这样挺好,侨办大人,咱就敲他去东方之珠,冯老师带我们去皇驾,三轮车叔叔就在路边陪我们汽水啤酒就烧烤。一行人走的走,骑的骑,路旁掠过满目的花。是木槿。或浅粉,或深紫,或洁白。无花时,天然一屏篱笆。花开季,自成一道风景。虽然普通,不容忽视。

偷采一把木槿,插在他车前。他就是一木槿,无香,却芬芳。我那帮可爱的文友,高矮参差,伸头扭颈闹着合影呢,路旁的木槿笑着闹着,挤进镜头。

冬冬来看我了

冬冬说，你到新词门口等我，我们就到了。

我拿着手机，拔腿就往新词走去。对于冬冬，我有过很多想象，会是个又瘦又高英姿勃发的小女孩吧？见着我，不会啪一下，敬礼吧？

真见着了。啊！居然是个姐姐。浅淡的黄真丝绣花上衣，外罩一件黑色镂空开衫。长长一头秀发，轻束着。竟似静水池里的秋荷，一举手一投足都是成熟妩媚的美。欢笑着迎上去，冬冬姐给了我一个结结实实的拥抱。

我被绑架了。什么也没来得及回店铺拿，他们的车载着我，往麋鹿场赶去。

一起陪同的建湖谷主任，看看我，再看看冬冬，你们俩第一次见？

是的。我和冬冬。一个在首都。一个在江苏的一个极小的城。

一个做着警察。一个在淘宝上开店铺,八杆子打不到一起的两个人,却坐到了同一辆车上。

我在副驾驶座,扭过头,不敢置信地看冬冬姐,那种温润,那副气定神闲的模样。冬冬姐也笑。告诉谷主任:"那年,我捡着了一个钱包。里面有很多重要的证件。然后还有几十万元的账目。第一时间联系上了失主。失主觉得过意不去,在她网店,买了条披肩,送给我。偏偏她听到这件事,自己又另寄了一条丝巾过来。于是,我们就认识了。"

冬冬姐嘴里的她,便是我了。写过一篇文章《寻找吉尔伯特》说的便是冬冬给我的心灵悸动。只是那时听她的声音,以为是一个涉世未深的小女孩。其实做淘宝,挣多挣少,我不在意。我吃的穿的住的,都极其简单,有一两个小爱好,花钱都不太多。衣服爱买,但不分贵贱。花草爱养,但多半是普通品种,花销不高的。我要的是一份快乐。要的是每一条卖出的披肩背后的故事。

开店之初,我甚至替一个老公,写了三页纸的情书,给自己分居八个月的妻。开店之初,我寄出一大箱围巾,那是深圳的儿子寄往家乡新疆母亲的。我只附了一张纸条,我说,我不追星,我不迷恋什么人,我不羡慕我不妒忌,但我今天眼热了。你的儿,这么懂事,我们家的还懵懂着,我只盼着,他长大了,能像您的儿子这么懂事……

披肩寄出去了。五天后,那个儿子匆匆上线找我:"尘,你给我妈写什么啦,她可是中学语文老师呀,怎么就把她感动得稀里哗啦的呀。"

所以,一个冬冬,足够让我铭记一生了。不只是冬冬。这个失主,事情隔了很久,还在心心念念着感恩,一个笨拙的大男人,在满眼网页里,找寻最适合冬冬的那条,这本身,就是一件大美的事儿。

十月的阳光，刚刚好。不太暴烈，也不会太凛冽。我抢着背冬冬的包包。这是我能为她做的唯一的事了。从小长在京城的冬冬，保护区的一切都新奇着。照鹿，照狼尾草，照芦苇，照湿地的沼泽。家乡的麋鹿，我的文字里从未涉及过。来过很多趟，对那些精灵们，从没放在心上。

今天感觉不同。其实偌大中国，将自然保护区选在小城，绝非偶然。讲解员小陈滔滔不绝：它们昼伏夜出，白天一般三个姿势到晚。站着。趴着。吃草。每个动作可以保持三个小时以上。它们还有另一个特点，便是同性相吸。平时都是同一性别的聚在一块儿。

其实从没将小城人的性格和麋鹿联系一起。今天听得讲解，方才明白，小城人隐忍温驯坚韧与安逸，和鹿如出一辙。冬冬姐真实地站到了我的身边，我竟似一个孩子般迷恋着她。转着替她做一切可以做的事情，全无初见的疏离，莫非骨子深处亦有鹿的同性相吸的特点？

此为笑谈了。相见总是太短。午饭是在保护区吃的。我是个酒席盲。一上桌，我便成了最要照顾的那个，坐哪儿都得思虑，敬酒更是弱项。冬冬姐一路罩着。见识了京城姐姐的不俗与气度。推杯置盏间全然一副谦逊低调，慢言温语中自有不容置疑的坚持。那个麋鹿血酒，冬冬内心最柔软的一块，一直被拨动着。再劝酒时，冬冬便拒绝了，她觉得太血腥惨烈。

饭毕冬冬便赶向丹顶鹤保护区了。依依又不舍。不舍又能怎么样？

回到店铺，小丫头抢着问："冬冬长什么样？"这才想起，我和冬冬，居然连一张合影都没来得及拍。

脱　掉

小友家儿子，扔在老家断奶，小友不停地叮嘱我："姐，你一定要帮我去看看他呀。"无比依恋万千不舍。好吧。我会的。

唤"它"小牛牛。这个它，没有用错。才是几个月大的娃儿，全然一个小动物。去看"它"，刚睡醒，看到我，扑来。手机响了，抢手机，吓得拿开，不爽了，嘴一撇，脸一拉，满脸憋屈，山雨欲来。知道捅马蜂窝了，刚想着去哄他，他自个儿又逮着乐处了，嘴角重新上扬，摇晃着站起，嘴巴大咧，扑，鼻涕冒成个小泡。得，那张脸，比翻书快多了。

小动物近日穿二老太做的小棉背心，我表扬，长得像个大人了，可以用"他"来代称了。

陪小牛牛玩，是天底下最幸福的事。手机直接关机，心无旁骛一心陪他。读书，《龟兔赛跑》引着小牛牛，又做乌龟又做兔子，兼职啦啦队，小牛牛懂个浮云，满手抢书，逮着了不是啃就是撕，听到激烈地加油声,咧着大嘴,笑得哈哈,前仰又后合,下面唯一一个小米牙,像是装饰又像点缀。弹琴,两只小胖手在上面胡乱地按键,音乐声换个不停,胖胖的脑袋来不及地随着音乐调频,调整摇动速度,那叫一个凌乱不堪。把他高高举过头顶,混乱的音乐才告停,他似乎特别满意,又笑了,嘴巴大张,口水呼啦流出。

这两天乍暖还寒,牛牛感冒了。发热。爸妈全在远方,爷爷奶奶感觉责任如山,带去挂水,心疼加担心,午夜短信我。第二天赶去时,小东西又恢复往常的开心。一夜的疼痛和揪心,都是爷爷奶奶的事,他一点不受影响。照例带他玩。读书弹琴骑木马,一一疯过。明显不精神,坐在木马上,朝我张来手臂。

人家感冒,好吧,今天不疯,睡吧。就那么圆睁着眼的主儿,后背几下一拍,居然就睡了。送到他的小窝。和衣睡是不行的,必须外衣全部脱掉。那是个技术活。我一边晃一边呵哄一边脱去外面的棉衣,再抱着他钻进被窝,小棉背心还得脱掉了,这下完了。三剥两剥小人儿醒了,眼睛滴溜溜地转。脱去外衣的他,好生灵活,往我怀里一埋,又猛一抬头,格格笑起来。

真正撩拨人。小乖乖要睡觉的呀,睡着了我才好开溜的。居心不良,又在他后背轻拍,在他耳边哼啊哼的,小东西没有衣服的束缚,越发开心快乐,埋在怀里以为我和他躲猫猫,格格直乐。咿啊呀啦乱七八糟催眠的全出来了,小东西仰躺着带着笑意沉沉睡去。我抽身起来,拉下窗帘,用大枕头堵在他被子外,蹑手带上房门,世间的纷烦皆与他无关了。

近日来,听歌全成被动的了。先是儿子。边写字,边放音乐,各式歌。再是店铺里的小丫。他们的年龄,追风的。近日来最多的是《脱掉》。无厘头又搞怪,只听一个大男人左一声脱掉,右一声脱掉,劲爆狂野,脱掉脱掉!外套脱掉脱掉!上衣脱掉脱掉!旋律欢快又轻松，觉得应该不只是简单色情的脱衣歌，忍不住百度它的歌词，一下子就被吸引了。好有意思的一首歌，人活世上，行囊太重束缚太多思虑太重嫌隙太深猜忌太过，目标太远追求太密，爱情缥缈友情虚无亲情淡漠温情难得，不如丢开一切抛开所有，只那么快乐地大吼大叫，没有牵绊无须遮掩，就这么脱掉脱掉。

又去看小牛牛了。牛牛被奶奶剥得精光，穿纸尿裤呢。那双胖腿，一个劲地扑腾。好生感慨，所有的成人，能脱掉了。脱掉那层面具脱掉那层伪装脱掉那层镶嵌脱掉凡世俗尘里与日俱增的欲望，做回那个简单澄明的人，让自己的眸子，变得和牛牛一样明澈如水，在那里，可以映出蓝的天，白的云，红的花，绿的叶。

百鸟朝凤

我爸在我家养病大半年,我妈直接把家弄成了垃圾场。我送老爸回家时,推门进去,倒抽一口气,唯有一条路通往他们的床,能放的地方,全是方便袋。两扇门之间,拉着根长绳,绳上挂满洗过的口袋。姐姐脾气好多了,踮着脚从口袋间穿行,终于进了里间。我像个火球,直接发作了:"妈,跟你说,不许再把这些东西弄回家了!明天让它们全部消失,我要来检查卫生!"

妈妈忙不迭地把口袋往一边扒去,应着:"嗯,是不弄了,不过不是你不许,是我自己没时间了,厂里又忙起来了。"

天太晚,我匆匆把老爸扔下了,第二天带去全套的床上用品,请了三轮车叔叔帮忙去打扫。恨铁不成钢,妈妈在菜场打扫卫生两年,家里堆满了有用没用的东西。我大刀阔斧地把它们扔出去,三轮车叔叔看得心惊肉跳:"一会儿老人家回家要跳脚的。"

果真,我把爸妈的家,打扫得焕然一新,得胜回朝。刚进屋,我妈电话就进来了："你把我蜡烛扔啦？浴室灯坏了，蜡烛用得上。那块旧窗帘，还有用的！""明天浴室马桶我会找人统统检修那个用不上了。你哪样都是宝！"跟我妈说话，比的就是嗓门。

妈妈毫不相让："妈妈不偷不抢不好吃不懒做，妈妈没有错！"

我闭嘴。不得不承认，妈妈永远不会错。妈妈不是一个财迷。妈妈苦钱，不为她自己的家。她和爸爸是农场退休职工，都有退休工资，当年田多，收入高，身上还有两个贴己。也不为我和姐姐。这几年，我们没有大富大贵，但已经羽毛渐丰，不需要二老操心帮衬了。妈妈的钱，千金散尽。外婆家那头经济好多了，差钱的不多。妈妈帮衬的多半是爷爷那头的。

姑姑是个哑巴，不会说话便诸多困顿，再要拉扯两个孩子就太难了。一儿一女小的时候，多半在我家混过了。表姐好嫁，19岁上就飞离了小村。表哥蹉跎着，三十好几都没成家。好容易说得外来妹，又拿不出彩礼钱，连迎娶的房子都不周全。这些都是我妈张罗。然后是大伯家。大伯三个儿子两个成不了家。大伯早早离世，下面的两个儿子又成了剩男。然后也是找的外来妹。我妈成了唯一可以买单的人。五叔家又是，独生儿子一个，偏生两次犯错，五叔一夜白头，能伸手相帮的，又是我妈。

妈妈的钱，像儿时的茅针，看上的，喜欢的，人人都可以拔上几根。妈妈还不讨喜。表哥终于娶得媳妇生得子，又一次买房。买房一共才九千元，跟我妈拿五千。我妈五千元都是十个指头扒出来，我妈不心疼钱，但痛恨钱被用到了不该用的地方。表哥半天时间得了五千元，得意之余坐到了麻将桌上。我妈尾随其后，只差掀了麻将桌。掀麻将桌事大了，表哥得钱不感激他，一桌麻友全对我妈侧目而视。

漫天的功劳，打了水漂。妈妈花钱不心疼，表哥不懂经营日子妈妈才心疼，三天两天还得数落表哥，于是，这个钱，花也是白花了，还好，表哥最终懂事了，生的儿子，特别优秀。画的画逼真灵动，惹得我妈揣在怀里，连夜骑车到我们家，从怀里掏出来，巴巴地等着我给孩子定语："怎么样？肯定有出息吧？要到城里来比赛的。"我知道，我妈又有奔头了。这孩子再要花钱什么的，又能找到买单的主了。

妈妈一个月收入，没有帮她细算，一个月四千估计不会少。她没有钱包，也不会管理。得了钱，不几天功夫，就分得差不多了。去一趟老家，凡是年轻时一起玩过的，有病有重的，全部丢钱给人家，她的意思直白得很："你们没有养老工资，我有。给你们大家花花。"

做她思想工作，花了钱，不需要人家感激涕零，但你说人家没有养老工资，人家会以为你显摆。妈妈不理我们的小肚鸡肠，也不领我的情，"我说的是实在话。我要还在老家，也没有这份工资的。所以拿出来分分。"

是真的。老家存风哥哥，锦兰奶奶正和爷爷秀玲嫂子先后辞世，妈妈都会探视，塞钱给他们。

觉得妈妈活到这个份上，算是境界了。我因为写文的缘故，常混在《大丰之声》，一个老兵，八十多岁穷困潦倒，想去当年当兵的地方看一眼，都找不到一身周全的衣服。只是在妈妈面前提了一下，她二话不说，骑车就要送新棉衣去。后来因为连我都搞不清老人家住哪儿，才罢手。可能因为血管里奔涌的是她的血，我特别留意小城里义工联的活动，每每不便参与，却常悄悄帮他们一把。

再去妈妈家时，就不再发火了。她没有读很多书，也没有接受过何种洗脑，她也不贪图什么，时代的原因，她只读到初中，读书不多，做人自有她的道理。一大口袋废物，才卖十五元。妈妈很开心，拾一个冬天，够给我哑姑买件新棉袄了。

每个早晨，骑我的小自行车上班，五粮液的一家连锁店，店名《百鸟朝凤》。只四个字，便想起儿时的土布棉被，大红大黄的底色，蜿蜒半条被子的彩凤，周遭无数盘旋围绕的小鸟，姹紫嫣红，日子的无限风光与热闹全在里面了。

妈妈这点资助，解决不了根本问题，《那条小鱼在乎》是我给孩子讲的故事。小鱼倒在了路上，农人急着把它们往河里运。来得及运进水的，就游走了，来不及运进河的，干死在路上。看到来往奔波的农人和数以千计待救的小鱼，很多人劝他罢手，农人答：那条小鱼在乎。

妈妈也是了。就由着她，做小事行小乐过小日子。

民间流行《百鸟朝凤》，朝天的唢呐，喜庆祥和，说的是德高望重众望所归。妈妈用这样的忙碌度她的晚年，也好。今天难得有闲，替咱妈奏一曲，单单只这一首。

牵着蜗牛去散步

我在父亲面前扭来扭去：好不好？就去一趟嘛，一会儿就回家。咱去买席子。好不好？

父亲笑了，终拗不过我。

轮椅一共就用过一次。去年的盛夏，回家看他。刚得了轮椅的他，孩童般地欢欣，由着我推他到村里四下乱转。只是他高估了我的体力，也对乡间的泥路估计不足。一趟回来，我累得脱形，汗流浃背，他自是内疚，这次断断不肯，再坐那个劳什子。

但我执意。他已卧床二十多天不起，今日太阳晴好，他居然奇迹般地又能起床了，自然会怂恿他再次出门。我在他面前转圈，已将自己行装减到最少，指着秋阳摇晃着他："这个天不会热的，行不？"

终于出得家门。一路上他熟悉的景，曾经几步大跨便能抵达的路，彳亍复彳亍。正是收获的好季节，家家场院前堆满庄稼。他一一笑着招呼过。许爹独轮小车推着满车的肥料，他唤住人家，问，我的轮椅换你的小独轮行不？

十三年了，估计他没有一天不盼着自己的腿能有站起来的一天。但终是梦想了。那条腿已成枯枝，时常发炎肿胀溃烂，任何时候摸上去都火烧一般，颜色也黑得不成样子了。用安全带把他牢牢绑着，每走一步都是一步三回首，车轮朝着左右乱转，就是不朝前。怕他有感觉，路边的东西，自是乱问一气，听他讲解。

终于到了村部，最热闹的地方，我按着清单，开始帮他和她置办日常用品。离得远，每回家一趟，客人一般来去匆匆。今天帮他们晒被铺床，才知道，需要置办的太多，这次，连吃饭的筷子都帮他们重新买过，他的身前身后堆满了东西。欢呼着重新把他推回头，超市女人实在看不出他来的必要，对着我，乐了："你不会自己来买？"

呵呵。她终是不懂了。我能够回家看他的次数，是可数的了。和他共度的时光，也是可数的了。能够推他出行，更是可数的了。只要有这样的机会，我自是百般争取千般流连。

回头的路上，带他去理发。他摇头。说还没到时候。理发的那家，搬离了村子。屋后的菊花兀自燃烧着，掐了一朵紫红一朵金黄，插在他的口袋里。轮椅里的他，萧萧白发，一脸浅笑，淡定从容。多么希望任时光匆匆，下一个站口，我只消轻声一唤，他还可以如此时此刻，吟吟笑着款款坐着，应声而在。

回头的路，更难走了。怕他会歉疚，我尽可能地推得轻松愉悦，一旁的小儿，或左或右，竟帮了大忙。离家还有好远一段路，父亲举着草席，并身前身后大捧的东西，直唤奶奶奶奶，七十八岁的婆婆迎出家门，接过我八十三岁的公公。

出门时，两点还差一刻。这会儿，已是夕阳西斜。

香叶嫩芽

其实,我记得她的,只能是一些点滴了。旧时,大舅公娶得两房媳妇,长房没有子嗣,个矮,就成了我们嘴里的矮大舅奶奶。解放后,一室留不得二房,矮大舅奶奶的去处便成了问题。她因为没有孩子,自然成了被休掉的对象,但因为没有孩子,收留她的只能是娘家的侄子。

矮大舅奶奶自己没有孩子,待母亲姐妹四人,有如亲生。矮大舅奶奶离去的时候,母亲肝肠寸断,又无能为力。母亲那时才是个孩子。后来母亲一路疯长,个头成了姐妹中最高的一个,心中的豪情便万丈起,成家之后,总想着能把矮大舅奶奶接到身边来。

只是谈何容易?父亲家是个又穷又大的摊子,外婆还带着两个未嫁的姨娘,母亲便只能偶尔接大舅奶奶过来住一两日。

一点记不得她的容颜了。我有记忆时,她便是一个老人,之后,变得一老再老,也不过是个影绰的印象。

舅奶奶知道自己是个吃"闲饭"的人,呆在我家时,十分惜福。母亲打的蛋茶给她,她等母亲一转身,就全偷偷喂到我们嘴里了。那时流行看露天电影,母亲活累,懒得陪我们去看,但没有大人陪同,要步行到邻乡十多里的村子看,母亲更不答应。于是央大舅奶奶。现在掐指算,大舅奶奶,会有七十好几了。我个子小长得又弱,跑不几步,赖在地上不再向前,姐姐听到加映片开始的声音,急着直跺脚,大舅奶奶一把抱起我,就往前飞奔。姐姐后来想起,犹不敢信,一个七旬老太,抱着我,还有一张长凳,姐姐怎么也想不起来,舅奶奶是怎么可以同时带着我和凳子飞奔的。

口袋里放着舅奶奶炒给我们的蚕豆,电影开始了,蚕豆不停往嘴里扔,吃得快完的时候,才想起问舅奶奶吃吗?黑暗中看不清舅奶奶的表情,只听她开心地笑:舅奶奶吃不动,全给宝宝吃。

回家的时候,下起了雨。开始只是小小雨点,后来越来越密集。这下我不赖地上了,和姐姐两人溜得赛兔子。舅奶奶夹着长凳,开始还一味地呵哄我们等等她,后来见雨并没有停下来的意思,舅奶奶开始领我们跑了,这个场景过去很多年了,只是,到现在,我还是想不通,舅奶奶怎么跟双枪老太婆似的,充满传奇色彩?飞奔的镜头一听就不敢置信。我妈乐了:"你们一个三岁多一点,一个六岁多一点,舅奶奶再不凶,也跑得过你们呀。"

后来,舅奶奶很少答应出来串门了。没有听人说起过原因,现在想来,一定是娘家侄子觉得她这样出来有蹭吃喝的嫌疑,怕丢了他们的人。只是,他们怎么会知道,舅奶奶和母亲之间,不是母女胜似母女。

母亲便会差我们去看望舅奶奶。因为中途断过往来几年,再找到大舅奶奶时,颇费了些周折。大舅奶奶在田里干活。我一路问人,摸到舅奶奶田里,舅奶奶抱着我又哭又笑,啃着我的脸,当田里的香瓜。舅奶奶身后居然背着一个药水桶。舅奶奶原本长得瘦小，硕大的药水桶压得她更矮小了。我没心没肺地跟在舅奶奶身后，蹦蹦跳跳往舅奶奶家里跑。舅奶奶一路向路人解释："这是我外孙女儿，这么大了。"

矮小逼仄的小屋，黑乎乎的，里面堆满药皂。我已经记不起来，带什么给大舅奶奶的了。也想不起来她老人家有没有拿什么招待我。只记得我回家欢呼雀跃着告诉母亲："妈，舅奶奶好厉害呀，八十多了，还能打药水。"母亲再没有听第二句话，就哭出了声音来，拖过自行车发疯地往舅奶奶家骑去。

一直不敢问母亲追过去的情形。其实，能怎么样呢？娘家侄子再有不妥，总还是他们收留了舅奶奶。后来自己写文了，才知道母亲内心无比的酸楚，我的舅奶奶，要有娇柔羸弱的条件，她何须八十高龄还如此勤劳彪悍？

日子好过了，母亲最后悔的，就是没能把舅奶奶接过来。他们那辈人，都做了古，只是舅奶奶在人世，没有留过一丁点痕迹。母亲也曾念叨着，要想办法把她的骨灰找来，又很没办法。母亲算她夫家这边的人，如果找来，她是入不了夫家坟地的呢，那哪里才会是她的安身之处？她娘家人几经迁移，知道往事的也不多了。

叹一口气，思念压得低无再低。其实像大舅奶奶这种身世的，不在少数。当时，都是一夫二妻的，然后时局发生了政变，她们就成无花果了，飘零入泥了无痕迹。我倒是很愿意，这篇文字，成为她枝叶上怒茁的嫩芽，我是她最亲爱的孩子，她可以流芳千古。

风吹麦浪

I

　　很远的，就见两个并排走来的小伙子。其中那个浓眉大眼的，就是你，我的儿子。你很淡定，装成没看见我。我也直接看不到你。小自行车从你身边冲过，丝毫没有减速停留的意思。你急了，扬声唤我，我还是全速向前，你眼看着追不上了，高呼："你还是不是我妈！"

　　哈哈。谁说我是你妈啦？谁给妈妈定下标准了？妈妈就该是四平八稳苦大仇深无私奉献的主儿？

　　终于追上我了，你倒不计较我的虐待。拿出张体检表："瞧，张引弦，女，十六岁。"我看着，一个体检医生常犯的错，有啥好探讨的？

你笑成了一朵花："班上同学那个乐呀。都问,是你妈骗了你十六年,还是你骗了我们大家十六年?刚进厕所的,后面一条声唤开了,哎哎哎,你应该去对面!"

好吧。这就是我的儿子。我把你朝内敛勤奋上进积极一路上培养的,但不影响你长得 HAPPY。食指朝我一勾,手机。干嘛?拍下来传到网上呀。

现在的孩子,上个洗手间都能写条说说。不要说发生这么大的搞笑事件了。不行。老师不许用手机。嗯,也就是你这个三好妈妈。小高考成绩揭晓那天,老师刚把座位号报下来,班上刷一下四十个手机全掏出来,妈,懂不?四十个呀。法不治众,你懂不?

我要告诉你,年轻时,就要学会听取长者的意见,少走弯路,多走捷径,节约下大片摔跤的时间,你早机灵地搂过我的肩膀,一路飞奔上楼梯,我的一把老骨头在你的裹挟下就快散架了,踏进家门时,那张嘴像离了水的鱼,还不忘眨巴两下:学校不允许的事都是有道理的。你早已换好鞋没了人影。

2

终于,跟我们有了一次正儿八经地对话。分析学校的升学状况。分析你个人在班级上的排名。分析你平时的考分。最终告诉我们,你的决定。你考书法专业。这样,说不定,你儿子还能混个名校。你伸过手,把我张得合不拢的嘴,闭合。我是因为惊讶。就你那手字,老师都找过谈话。至于遗传,扯淡。你自己也说过,说不定我写作传爸爸,写字传妈妈呢?

特价书店倒闭。我和你,疯子一般,淘得一本又一本。本就特价,再遇倒闭打折,我和你各自疯狂地挑喜爱的,五百多元书,怕你爸骂，不敢一次性带回家，放在车库里，分了几次才搬上去的。那么多的名人传记，每个领域都有。我承认，我不聪明。我对于名人，仅限于教科书正面介绍的，比如居里夫人，只知她光芒四射的研究成果，根本不知道她鲜为人知的情感困惑。你接受的信息，比我全面，也比我客观得多。我以为，你这样立志报考书法专业，大可以用名人经历，直接引导你上路。你说："妈，你没发现，名人多半很挫？那个康成，混得那么惨。还有贝多芬，晚景凄凉。"你呷了口茶，信手把刚写的作品，传到说说上："一边写字一边喝茶，是不是神仙过的日子？"转头对着我："把自己的日子，过成名人的。就只有甜蜜了。"

如果在可能的环境里，一样懂得奋发进取，为什么总把自己逼成苦咸菜一把？虽然很想反驳，但不得不赞成，你到底把我骨子里的乐天，传了过去。

你爸跑过来告诉我，这孩子，就有心呢。炒个饭吧，各种调料各种配菜，火腿切得细得不能再细。是啊，不能不承认的事实，我们从前的苦日子一去不返了。你爸腰疼得厉害，无可排遣时，打开电视看了会儿，你乐滋滋地表扬："生活质量有所提高嘛，至少有点休闲了。"

3

悲观地发现，你的身高，说不定会传我的。从前找对象，其他没要求，就求个子高，好让后代高些。儿子多半传妈妈，这个愿望还是破灭了。陪你看外公，路上就在慨叹这个问题，你倒是从容："你是愁人家小姑娘看不上？成年人，仅看长相的很少。最重要的，现在要积累多多的资本，到时人家才不会看低。"啊，吓坏妈妈了。

咱可不能早恋！早恋？多早算早恋？过去十七岁的男人娃儿都抱手上了。我朝你一看，恐怖分子一般，你赶紧安抚老妈："我倒也是想呀，谁能看得上？"

这倒是真的，比同班同学小两岁，这让你整个高中阶段都属于被瞧不上的类型。不过，最近心思仿佛才回到学习上。这几天在啃文化课。爸爸说了，决定你上什么样的学校的，不是专业分数的高低，是文化分数。兜兜转转又回来了，原来想用专业成绩弥补文化的不高，这下，逃不开了。咬牙上！你这次表现出的坚毅，令我和爸刮目相看。

4

坚持着接你放学。我喜欢穿些稀奇古怪的衣服，牵手和你走在一起。你总放声唱些乱七八糟的歌词，今天是"远处蔚蓝天空下，涌动着金色的麦浪，就在那里曾是你和我，爱过的地方……"你唱得摇头摆尾，同学就哗笑一片。夜色中，同学辨不清牵你的手是妈妈，有口哨声声。轻笑，贴着你更紧。

歌曲我熟悉，写的是一段无望的青涩爱恋，麦青时分等不到麦黄，麦浪阵阵爱已然随风。妈妈对你的爱，坚守得多。这么多年，始终如一，那般地巴心巴肺，刻骨铭心。慢跑只几分钟，你就甩开了大步，我明显跟不上你的脚步了。你的歌声在往远处飘。往后，妈妈对你，都只有这般，追赶的份了。

睡余共饮午瓯茶

婆婆八十岁,徐奶奶八十一,刘奶奶八十一。三个老太太,家住一起,天天搭伙外出打工。

我一吓,就你们这个年龄,人家敢要你们?心里在说,万一有个好歹,人家是多出一个妈妈打发了。婆婆擦擦脸上的汗:"人家保护措施好呢,门口搭的场,四边四个大电风扇,对着吹。中午还发棒冰。"婆婆说的"场",就是厚篷布搭出来的一个大空间,农村里红白喜事,不去饭店,就在那个彩篷里。篷布再厚,能挡住今年的酷热?

"帮人家撕玉米。青年人从田里掰回来,我们年纪大的,坐在门口场上,撕出来就行。"收玉米我们收过,每年都是最热的天。一旦成熟,等都等不及,必须立即收好,否则站在田里就直接出芽了。手腕上带个鱼穿,是个像针一样的器具。不过要大很多。对着玉米苞衣最上端,一拉,露出里面的玉米棒,一掰,扔进怀前系着的围腰里。待得围腰装满了，再装进蛇皮口袋里。然后装上拖车，拖到门口场上，要么机器脱粒，要么手工剥下玉米粒，又是一个浩大的工程。

现在人田多，脑筋也好使。年轻人力大，工钱贵，耐热抗暑，他们从田里直接整个玉米苞掰回来就行。老弱病残的，安坐在那里撕玉米，除去外面的苞衣。

"人家就喜欢用我们这些老人，同样两只手，老人不比年轻人慢多少。工钱还只要一半。"婆婆有些自得。"他们都说，哪里像是八十岁的老人呀，看起来不过七十几。"老太太说的是实话。那两个奶奶，都是精瘦精瘦的，劲大呢。三个老太太，统一服装，统一爱好。上次我回家，要我帮奶奶也买个跟屁虫。他们是儿女买的，就我家婆婆没有了。我在仔细地问款型功能，婆婆吓得止住我："那个东西，我一听头就昏，你千万不要买。"

"妈，天这么热，也不缺你这几个钱，你就不要出去了。"我有些不快。"嗯，你爸意见大呢。人在外面，吃那么大的苦，热成那个样子，回到家他都没个好脸色，一直骂一直骂。"婆婆向我们告状。"就是啦，那两个奶奶没有爷爷了，你有爷爷的，你要照顾好爸爸，在家陪陪他说话。"婆婆早出晚归，煮好一天的吃食，由着公公自生自灭。我在耐心地劝服婆婆。"这个夏天，连续三十几天在外面了，已经挣了一千二百多元了。你不知道，自己手头有点，到底顺便呢。"我有些默然。婆婆生在农村，近几年才有农保，他们不做，就只有伸手跟儿女要。这对传统的父母而言，几乎不可能。每年大笔的医药费孩子们在分摊，婆婆识字不多，脑子好使，总觉得这样活着，于儿女是拖累。所以，就想着自己能动能行，挣一个是一个。我从包包里抽出钱来，跟婆婆说，天太热，活下命来要紧，这个钱，我们出。婆婆更急了："你们的钱也是钱，再说，我不能总拿你们的钱。"

　　香瓜吃得太多了,我怕扰了自己的减肥计划,高跟鞋脱了,在婆婆家的泥地上蹦个不停。不一会儿,就汗出几层了。婆婆看我上蹿下跳的样子,乐着:"从这里走到大队,三四里路,我要歇几回的。"我哈哈大笑,我到八十岁时,会是什么样子?

　　吃完饭,我们就要赶回城。我朝婆婆挤眼:"我们赶紧滚蛋,你还能去撕半天玉米。"先生急了:"妈,说了你不听,不许出去做了!"婆婆的牙一颗也没了,装的假牙质量太差,掉了只有一半了。婆婆淡定的很:"那么热的天都过来了,现在都要秋伏了,还怕什么?"婆婆开心起来:"再说我们有三个人呢,坐在那里打盹了,怕误主人家事,另两个看到了就拿玉米棒往跟前一扔,就吓醒了。剥蒜瓣也是,坐着坐着就要睡着了,另两个看到了,一揪一转,瞌睡就醒了。"

　　"叹息老来交旧尽,睡余谁共午瓯茶?"这是诗人的无奈。老来旧交,一个个离世,只余自己,同饮一杯茶的人都没有。婆婆却幸运得多,有相濡以沫的老伴,还有两个割头换颈的老姐妹。人生若茶,婆婆和她的老姐妹们却如饮甘泉,奋斗在烈日下的辛夷花。

做婶婶的红颜

有段时间,小胖子天天在家,日日溜去看他,和婶婶便走得很近了。

以为自己是恋父情结,对大叔级的长者都崇敬有加,却不是。母亲级的,一样深爱。最初是玫瑰夫人,后来是写文的卢姐姐,现在是婶婶了。

赖在婶婶身边,谈我的理想:挣足够多的钱,办个老年公寓,天天陪着说话唱歌,写文章读给他们听。婶婶乐:我第一个报名!

我把小胖子往床上一放,娴熟地替他穿好上衣,然后外衣,然后袜子,然后鞋子,七个月的人儿,草把人一样配合着。婶婶放心地偷闲看一眼电脑,或者捣鼓一下她的花。

《北上海1950》在知青纪念馆拍摄,跟在冯老师后面去玩,脸上抹了黄泥,上身枣泥色斜襟棉袄,足下一双黑布鞋,拦腰扎了个补丁围裙。传了张照片给婶婶,婶婶吓得不轻,这是怎么啦?

一夜回到解放前。任我再是个如何飞扬跋扈的人，这身装扮，就是个解放初的穷困女人。安抚婶婶，拍电视剧呢。婶婶开心起来："好啊，以后你拍电视婶婶给你当演员，做个保姆还是能称职的。"哈哈，我的婶婶，怎么跟妈似的？我妈看电视，一天一个主题，完了操起电话就给我下任务。告诉婶婶，我只是个客串群众演员，我没写电视剧，这个就是半天体验生活，婶婶在之后的几个月，常念叨，几时可以在电视里看到你？

早在生儿子之初，我就迷上早教。儿子就是我的实验田。生一个实在不过瘾，我还没在他身上大施拳脚，人家噌噌噌，就半大了。小胖子的出现，真是一场及时雨，他是我的另一块田地。买来一堆书，都有计划的，交给婶婶。婶婶心细，交给她实施，太省劲了。婶婶每天念儿歌，讲故事，不亦乐乎，嫌不过瘾，自编童谣，贴在空间，我天天跑去表扬，好有模样，其实创作也是来源于这样的生活，心有所动，执笔记录。家里人怕婶婶中我毒太深，看她半夜起来写童谣，急着干预。我才不担心，我有篇文写过，做一个母亲就要琴棋书画诗酒茶的，婶婶天天和孙子一起，对她自然有要求。

婶婶是个精致细腻型的女人。带几只螃蟹给小胖子，认且玩，吃还没会呢。吃完饭，我陪小胖子玩，婶婶收拾碗筷，我抬眼看了一眼桌上，吃剩的三只螃蟹整整齐齐排在盘里，只差一声令下，就可以齐步走了。很是感叹。

我算个没线条的人，凡事大而化之，妈妈由着我自生自灭，这些生活琐事是没有人教我的。于是回家，学婶婶收拾家里。这些事，身教绝对胜过言教，天天不再扒着电脑，每日里把家里弄得清清爽爽，倒有另一番感觉。家中那人一时适应不过来：怎么感觉换了个老婆？铺张浪费也得到了纠正。几乎一年了，没有再瞎买花。从前，我的花，说来脸红，都是重金堆砌起来的。隔三差五，就会买花了。

我的飘窗上四季花开不败，不是我的养花水平高，实在是舍得烧钱。定期逛花市，中意的盆子要买，中意的花，又要买。花期一过，直接扔掉，长势不好了，直接连盆一起换。平时浇花的各种营养液，都是一笔不小的花销。婶婶也爱花，骨灰级的了。婶婶养花不花钱。平时磨的豆渣，集起来，蒙在楼梯口发酵沤肥，半年的模样，放在花土下面。后面的时间，就不再需要施肥，只消浇浇水就行，今年热夏，我的花草死了大半，婶婶家的青枝绿叶葱翠欲滴，从此羞提我的花儿们。

跟婶婶间相差了一代人。我那个花钱，就是哗啦啦。老公估计是敢怒不敢管。其实也不是，我那么高调的一个人，我不偷不抢不赌不吃不喝就这点小爱好还不行？强调多了，家里那人频频点头，你有理你可以有小爱好。小爱好实在不小，养花买衣服，头脑一热，看上了就拎回家，喜新不厌旧。可是跟了婶婶后，就知道自己差远了。婶婶一件橙黄的羊毛衫，应该有了几年了。很衬她的白皮肤。穿过几次，便在阳台里看到了。分明是洗过了。一个晾衣网撑着，羊毛衫躺在里面，如满月似向日葵，平躺着也风情。

这就是境界了。我很少对我的衣服如此用心。有很多直接连吊牌都没有拆下，对我来说，衣服更多的是一种猎奇，一路向前追逐，没有最好只有更好。婶婶却更多精品意识，衣服于她，更多是一种岁月的陪伴，每一件都有着故事的，每一件都值得她折叠翻弄听任时光在衣服的阡陌里流走。

近来婶婶带着小胖子回儿子那里了。深深失落。从前脚一带，就到了她那儿。陪小胖子陪她，各种烦恼悉数倒下，倒干净了重新上路。婶婶白天太忙，只有夜了，孙子睡了，在电脑上给我留几句言。叔叔写文《带着故乡去远方》，写的是从故乡背了很多吃物去儿子的城里，恍然把故乡背在了肩上。其实，中国的母亲，都伟大。

婶婶将自己浓缩成一棵精致的盆栽，她会生长到世界的任一个角落，只要儿子需要，孙子需要。

还是喜欢把自己的早教理论，拿婶婶当实践者，隔屏指挥。如今流行红颜知己，说的是男人和女人之间，精神领域的一种相知相惜。我和婶婶，隔代的两个女人，却成了知己。总喜欢自己是金庸笔下的小龙女，识得一个个前辈，坐在她们身前，掌心对接，她们的睿智、知性、豁达、大义、阅历、经验、才情、品性汩汩植入我的体内，而我的婶婶也会在我的高强要求下，摇身一变，成千朵万朵压枝低花开满树十八般武艺齐全的大师级奶奶。

后妈可畏

1

嫁过来时,丫头才是个过周的娃。眼睛滴溜溜地转。举她过头顶,奶奶一边让叫小妈,丫头咬紧牙关,比刘胡兰还要气节。

不信撬不开她的嘴。给她吃什么的?记不清了。反正我的饮食习惯和孩子区别不大。天天喂好吃的,有奶便是娘,某一日,丫头张口便唤:妈!后妈的那颗心呀,天女散花,满天飞舞,搂着洋娃娃般的丫头,狂啃一气。

后来便有些邪恶了。小人儿刚够到桌边。我是个多么挑食的主儿呀。吃蛋,只吃蛋白,不吃黄。小人儿要营养,蛋黄营养高,宝宝乖,啊呜,嘴一张,蛋黄咬去一半。吃鸡,最怕的是鸡皮。乖,皮有营养,最重要的是,变得好漂亮。丫头打小就爱美,一听能变漂亮，眼一闭，狠着劲吃鸡皮，吃自己家的不算，逮哪家酒席，其他东西不吃，专挑鸡皮。丫头奋战了近二十年，某一日被她亲妈点破：小妈就是不爱吃鸡皮，才培养你替她吃的。

丫头瞪着双好看的眼，向我求证，一脚就朝她亲妈飞过去了：有点良心好不啦？我真要那么邪恶，我还是她妈？

说着有些心虚，哈哈，鸡皮这事，铁定是我对不起丫头，不过，丫头一张小脸，水灵灵的，是不是得感谢我这个后妈呀？

2

后妈这活儿，干久了，就得心应手了。小升初，要进城里的中学读书。托朋友帮忙。朋友是那种两肋插刀式的，不几天就搞定了。完了邪邪地问：怎么谢我？愣了一下，旋即答：以身相许。朋友知道我总没正经，立即喷饭：就这点小事，至于嘛。我答：为女儿，献了青春献子孙，献了子孙献终身。朋友乐：别贫了，不过，你还真合格。

合格的后妈，后来赖着朋友，又把丫头从五中，转到三中。几经辗转，一路跟进。上学的事，丫头要紧不要松。我去帮着填志愿，咬牙切齿地只选了重点高中填了一下。亲妈心疼了，连夜赶来，帮着丫头六个志愿填得满满的。为这事，一直恨她亲妈，我的丫头进不了清华进不了北大，她老人家就是唆使犯纵火犯。

一同纵火的，还有她亲爸。进了高中。老师三申五令，不许带手机。偷偷摸摸给丫头配了，不让我知道也就罢了，躲一边玩手机被老师没收了，那两个纵火犯，把后妈往前一推："你会说普通话，跟老师好沟通，帮丫头把手机拿出来。"好吧。我去点头哈腰低三下四地取出了手机，还没暖手，亲爸手机又转交给了丫头。得，杀人放火你们两个担着,我这个后妈再不管了!

3

哪能不管?一日正在写稿,突然弹出新闻。正是丫头上的高中。说的是一个女娃,在学校里羊水破了,孩子差点生在宿舍里。没命了。你就不知道,生个丫头有多操心。上回带着丫头去游泳,一个大叔热心坏了,手把手教丫头,我的脸,立马绿了,二话不说,带着丫头立即远离、上岸。这会儿,我又担心了,学校会有这方面的教育吗?青年男女,干柴烈火,这真要把持不住,总得学会保护自己呀。

我试探着发短信过去:丫头,听说,学校里一个女生生了孩子?那边反应平平:嗯哪。

"那学校里对你们怎么说?"我关心的是这个。我们家是女儿,可不能在学校里坏了事。"跟学校关系不大,据说是假期打工时的事。"不绕圈子了,我又发:那丫头,你懂不懂怎么保护自己?"懂懂懂,我的妈,学校里天天在放那个科普,吃个午饭都有安全套使用常识。"妈呀,我撤了。我比不过学校牛,也比不过丫头牛,丫头大概觉察出的我担心了:"放心啦,妈,你的女儿乖着呢。"

一颗老心,总算放回位置上。

4

大学的几年,羽毛渐丰,脱离我的视线很久。某一日,要毕业了,住过来学驾照。我的丫头,亭亭又玉立,怎么看怎么好看。最热眼的是她的衣服,二话不说,剥下来就套到自己身上。完了悻悻地甩给她。任何衣服,青春是底色,她有着大好的年华,当然怎么穿怎么好看了，终于叹，老了。我是怎么老的？活生生被如花似玉的丫头催老的。那颗老心，碎得，从此捡拾不起来了。

考驾照，倒逍遥，两天打鱼，九天晒网。只有晒网了，不见了打鱼。后妈抄起电话，对着教练就是一顿猛吼，见效了，通知下午就练车。我在午睡，听得门扑通带上，放心地复睡，丫头去练车了，我再闭会眼。仅仅几分钟，手机就响了，迷糊中按了接听，丫头的声音，带着哭腔，抖成一团。一个激灵就跃下了床，一边穿衣一边安慰：不哭不哭，我们就来。

望着一头雾水的先生，我飞快地下楼：丫头跟人家撞上了。

逆向行驶。丫头的电车和一个高三男生，撞了个结结实实。男生摔坏三个牙齿，腿断了，肩骨断了。我们赶到医院时，丫头抖得站不住了。迅速交钱帮人家检查急救，搂着她安慰，不怕不怕，我们在呢。

天天看那男生，变着花样买好吃的喂人家，带人家去镶最贵的牙。一路搂着人家身高一米八体重二百斤的大男生，心里翻江倒海，这要是可以，月亮星星只管摘下给人家的，只要人家别找丫头麻烦。

倒是亲妈过来，丫头好生撒了一下娇，扑在亲妈怀里哭个不停。惹得我也泪水横飞，挥手赶走那两个家伙，后妈我当定了，你们一边哭去，我还得楼上楼下地找医生帮着男生检查诊断一路又是点头哈腰低三下四，你后妈好久没干过这活儿，我要是以后寿不长，这账先记丫头头上了。

5

这阵子消停多了。丫头毕业了，工作了。这该操的心，也操得差不多了。可麻烦又来了。二十三了，还不恋爱。在QQ上跟我贫嘴，小心翼翼问我：咱弟恋爱了？我哈哈大笑：咱们家，该谈的不谈，不该谈的扯什么淡？

每一个为娘的，都有一颗恨嫁的心。亲娘是包办，相亲一个一个又一个。这事儿我头一个不同意，咱们丫头，长得小巧性格八面玲珑，这样的主儿，什么样的金凤凰引不来？哈哈，人一急，话就错，咱是金凤凰，咱是凤凰就不愁找不到棵梧桐树！语气陡然一凛：给你一个月时间，给我放下身段，好好遇一个人谈一场恋爱！

丫头隔屏嚎啕：咱妈，这日子还让不让人过呀？

某日，丫头说说上得瑟：新搞到手的巨型杯子。在下面跟言：我也要。丫头说：粉色黄色蓝色，你要哪个色？我想了想，这几个色都有了。丫头握手：土豪，你好。有些羞了，那是。我就是个杯子控。

这下好了。丫头逮着：妈你是杯控，花控，书控，衣控，热情洋溢控。听着怎么跟骂人？隔屏的母女，唇枪舌剑，我弱弱地问了句：话说，你亲妈会不会醋到？

丫头放心得很：左手不醋右手的。我对丫头崇敬起来，怎么输给自己捧大的丫头片子了？丫头笑得无比邪恶：嘿，爱是利器，握着在手，我是常胜将军。

啊。我还写文章呢。我拿块豆腐直接碰上去得了。丫头才是高手。我小结：和亲爱的人吵架：输得光荣，赢得体面！

丫头狂笑着扬长而去，我补了一句，她立马蔫菜了："姑爷的事，怎么样？"那头斯文起来："人家还在努力。额娘放心。"

额娘早已白发及腰，我儿嫁人可好？

对了。丫头是二哥家的。我是那个世俗里的婶娘。

第三辑

一径飞红雨

人生花事,我们都在赶赴,一径飞红雨,走过的路上,落英缤纷,繁华过尽。繁盛花事之后,便是殷殷种子。只等又一场春雨,便会绽放得铺天盖地。

念念梧桐

难得清闲,荡在路上。与友人短信,小儿在一旁,撒一路紫薇在我的身上。心下一动,问友人:梧桐花开了吗?

那端也不确信,只说,快了吧?应该是这个时节。怎么?伤花悲秋了对月感怀?呵呵不是不是,才不会那么酸,童年时无花,它给过我温暖。

是啊。生在小村里,没有那些奇花异草的,生在七月。一直在找属于自己的花。便是梧桐了。家前几棵,长得极快。一个夏天,可以参天了。顶着满树的紫花,收获着我们满眼的艳羡。对它不动手。槐花被我们摘下吃过。大把大把地揣在口袋里。梧桐没有。想必是因为它太高,我们奈何不得,及至落到地上,又颇为残败了。

因为太高,一直看不真切。不好形容它的颜色。非白非紫,浅白浅紫。紫中夹绿,绿中显黄。乡里人对梧桐,并不看好。因为它的树心中空。如果要造成有用之材,要得十年八载的。先是一两年,长成了。在春天放倒。然后由根部显出的新枝,再长。长得很大了,再次放倒。几次反复,便长得实心粗壮起来。儿时的乡村,可以叫做花的,太少了。像梧桐花如此灿烂恣肆的就更少了。

那时,似乎什么都紧张的。村里一个道庆伯父,有个儿子在上海。他要去上海了,可以替村里人捎东西。邻居小凤妈妈决定请伯父替小凤扯一件花的确良上衣面料。伯父要求大致说个颜色或者花型,要不,还真不知道从何下手。可是村里人哪里见过花的确良呀,我们几个小伙伴乐了,高叫着,梧桐花那样的。别说,伯父还真有办法,再回到村里时,果真带回一段花布。便是那样的浅紫,那样的白中带浅,浅中微绿。小凤一个冬天,便穿着这件罩衫绽放在村子里,乡村里的孩子,并不懂得忌妒,只是簇拥在左右,似乎自己也沾上了梧桐的香气。

文人墨客里的梧桐多数与寂寞与感伤有关。白居易的"夜深醒后愁还在,雨滴梧桐山馆秋。""半死梧桐老病身,重泉一念一伤神。"想来与梧桐落叶的决绝有关。梧桐叶特别粗大,一落便是大片,且几天之内便会落光。寂寥深秋与隆隆严冬,便只剩光秃秃的树干杵在那里。但凡有一点小心思,便容易触景生情。

只是儿时的我们,识不得这种寂寞的。只会大抱大抱地捡回落叶。放进火热的灶膛,灶膛里有时会冒出烤玉米,有时会冒出烤红薯,吃得满口烤香满脸黑灰的时候,我们对着梧桐的爱,便到了极致。"凤凰鸣矣,于彼高冈;梧桐生矣,于彼朝阳,"凤凰可是鸟中之王哦,梧桐又是树中最直最高的,鸟栖挑高枝,梧桐是首选。不知道此梧桐是不是我们院里的梧桐。当年的小丫头一个个飞出了村子。一个平时极少说话的,在城里开了家"凤栖梧"时装店。不长的时间,风生水起顾客盈门。曾悄悄问过她,是不是当年被小凤那件漂亮的上衣刺激的?她捂嘴乐,骂我:你还写东西呢。没有梧桐树,何来金凤凰，这个都不懂？

　　当年村里的满庭满院的梧桐，被她用这样的方式移栽进了小城？而我，店铺里的裙裙都是原创设计了。花型、面料、款式，一一细究，一下子便看上这样的梧桐浅紫，及至搬到网上。又是七月，我依稀见有梧桐雨，飘落街头，美得触目。美得惊心。

生命中的每一丝感动

一天。接到一个男人的电话。男人的声音低沉而沧桑。应该是个五十出头的男人。男人在电话里，询问网购披肩的事。

我指导着，要先开通支付宝，然后在电脑上拍下，然后拍下来，付款。我们就可以发货了。男人问，拍下来，是什么意思？支付宝怎么开通？我详细地讲述，分步教着。电话就结束了。

两天后，电话又响了。男人声音一出来，就被我认出来了。支付宝开通了。可是，不知道下一步怎么做。

我又分步教了。男人感激地说，麻烦您这么久。又有新的问题。电话里教学网购，确实不是件轻松的事儿，我以为，男人会觉得麻烦，肯定会放弃。因为中途有三天，我们没有任何联系。

但没有。男人一直没有放弃。第七天上，我的电话又响了。男人的声音这次明显跳跃着开心与快乐："我支付成功了！您看一下，还有没什么问题？"

七天时间。不屈不挠。直至成功。网络这端的我，久久不语。感动如潮水，一浪一浪漫过。看到女人的名字了。再普通不过。可是她却是天下最幸福的女人。是妻子吗？男人年过五旬，可能觉得欠天天相伴的女人太多，悄悄送一条披肩，便会温暖无限吧？是情人？我生君未生，君生我已老。人生有多少这样的错过呀。可是不妨碍我，把你放在心尖上，枕着你的名字入眠。季节里，寄一条披肩过去，不留名和姓，思念便也有了形。

一早，飞车出小区。清洁工都上班了。习惯脆声和她们招呼。她们问："一个年纪大的，天天买好多菜，天天到你家做饭，是谁呀。""是我老爸呀。退休了，没事做，天天来做饭。""那他菜都买好了，你们不是不用开支了呀。"我乐了，"是啊是啊，我妈退休了，两人都拿工资，我妈还打着另一份工，钱没地方花，就过来买菜烧饭了。"她们惊讶唏嘘，我已飞过很远了。

老爸确实该表扬。不务正业了一辈子，老来，倒把来我这儿烧饭坚持下来了。不简单。整整一年了，色香味俱全，荤素搭配。我和他的时间总是错过，有时，都见不到他的。偶尔，我会在接儿子时，特地跑上楼看一下他。瘦得厉害，精神却好。每每在我回家时，像个孩子似的，快乐地迎上来："哦哦，今天有酒喝了！"怕他没有节制，酒都被藏着。说是藏着，就放那儿呢。只是由我拿出来，他感觉到名正言顺。一段时间，老爸烟酒无度，生生被我管制了下来。老爸在灶台上忙碌着，我从身后环抱着他。他有些怕痒，扭着让开，我有些西化的表达，竟让他有些不知所措。在他肩上重拍了一下，"不抱就不抱，老男人咱不稀罕！"折身就走，他就追到门外："不在家吃呀？"我在楼梯上快走如飞："不了！店铺小丫头还等我拿饭菜呢！"

我在QQ上签名："十年寒窗不苦，装箱卸货太累。"来做淘宝，一介书生，在电脑上忙活，倒还凑乎，每次货物到家，便成了难题。店铺全是小丫头，我比她们年长得多，自然要担当得多。货物到家，便是折磨。那天，我们拖着一个很沉的口袋往楼上。下来一群人，我们自然避到楼梯的另一边。是一边美食街的买卖人。住在我们二楼宾馆。奇装异服，顶着满头彩发。一群人呼啸着从我们身边掠过，我们又开始往上搬运。走在最后的一个小伙子，突然折身，一把拎起口袋，飞步向上。我和小丫头愣住了，一溜小跑跟了上去。小伙子力气就是大，拎上三楼，又飞步下来。整个过程，快得我们连说声感谢，都没来得及。很想郑重其事地去感谢小伙子，想想又怕唐突。就让这份感动留存心底吧。以后遇到需要相帮的人，也会如这个小伙子，慨然相助，快刀斩麻。

劝 架

正在晚饭,电话响了,是妈在哭,慌了,赶紧安慰她:"别,我马上就到!"半路接到朋友短信,告诉朋友说是爸妈又吵架了,我去修理就回。

朋友知道我的性格,叮嘱着:"做泥瓦匠就行,不要太顶真。"

这个还能不知。从小到大,我都习惯了自己的角色。只是现在很能淡定地看他们的争吵。不用到现场,我都能知道,吵架的内容、格局也是定下来的,妈妈高声大嗓,叫得歇斯底里。老爸柔声细语,半天一句话,却能惹得平下气来的老妈,再跳一阵脚。

如果没有原则问题,我一直和稀泥。果真,为老爸的喝酒问题。老爸近来嗜酒如命,且贪喝无度,被我强制戒过一段时间,现在又偷偷喝上了。有后果,脚肿得不能走路,面部看上去也有些浮肿。妈妈哭得稀里哗啦,老爸忙着张罗晚饭,讨好我。

哪里需要什么劝呀。我就好好做一个听众好了。妈妈对老爸纵容一生，哪里是一次两次就可以管制下来的？老妈情绪波动得厉害，那就虎着张脸先把老爸镇压下来再说，我这边杏眼圆睁，老爸那边很配合地做出受了惊吓的模样。

一对老了的活宝。我总结着。起身回家。

常常劝架。阿宏一夜输去八百元。彼时咱工资才六百多。老婆用菜刀把他堵在门里，一定要见个分晓。里里外外围了很多人，老婆就是不肯开门。知道我是他们家最好的朋友，他们院长赶紧把我叫去。我只一脚，就踹开他家木门，一把夺过老婆手里的刀，就向阿宏砍去。场面比他老婆的壮观多了。他老婆开始是吓了一跳，再后来破涕为笑，因为我一边追杀一边教训她家男人："看你还敢再赌？！今天不杀了你，誓不为人！"老婆哈哈大笑，哪有人劝架如此投入的呀，阿宏因为我的追杀，已经快步走到了门外。

邻居家姐姐也吵。两个小丫头半夜敲下我的门，我吓坏了，两个孩子哭得上气不接下气，爸爸妈妈吵了半夜，现在就差打起来了。赶紧披衣出门。正赶上男人发动机车，要去老丈人家理论，大姐哭得地动山摇。男人因为我的出现，越发当了真。两个女儿拉着爸爸的机车，是大姐理亏，大姐迷上麻将，男人反对得厉害。劝说无果，战争解决。告状到老丈人那里，老丈人是个炮仗脾气，一点即燃的，何况几十里夜路，不吓坏老人家才怪，孩子自然吓得直哭。我半夜睡得迷迷糊糊的，再要去拉他，他的机车已经踩响，根本不可能了。我直接跨坐到他车后："带我一起去呀，问问他们怎么教育女儿的！"男人到底是个读书人，熄火，下车。蹲在地上半天不说话。哪家生女儿生出错来了？两口子吵架还找丈人？这个他大抵还是懂的。

涛家吵架特别有趣。都是半夜。一吵便是大打出手。常听涛家老婆呼天抢地。就是没一个人出头阻止。一直搞不懂原因，直叹世态炎凉。某一日，转去他们家玩。两人一同做饭，双双黑着脸，老婆的眼角，还有打出的淤青。便问缘由。老婆告诉我，她在织毛衣，他直催她睡下，她毛衣正结到紧要处，就让他先睡。等她毛衣告一段落，脱衣躺下时，涛一顿拳脚就飞将过来。

我乐了，指着涛："原来你是个急色鬼呀！"两人绷不住，笑出声来。我比他们小很多，这话出自我口，真正惊世骇俗了。奇的是，一番玩笑话，居然治好了他们。

实际上，两口子过日子，吵架是常事。劝架的人，倒不常有。新婚时，他们家大舅，一个长得颇儒雅的长者，讲了个故事：他们那里有小两口，明明听得他们在家，关起门来打得呼里嘭通，及至喊下门来，两人一脸笑地迎上来，端茶倒水搬凳子谈笑风生，怎么也无法看出他们刚才还在打架。"这是高手。"大舅总结着。

如若都这样，劝架的，铁定失业。

寻找吉尔伯特

I

那个深夜,一个大男人,听得出的笨拙。跟我咨询披肩的事。男人说:"送给冬冬。丢了那么多钱,我死了的心都有。灰心丧气地走在大街上,就这么往前往前,不避行人不看红绿灯,也不避车子。哪知,就在那一瞬间呀,我听到人间的天籁。是个女孩的声音:'我是冬冬。请持您的有效证件,过来领取您的失物。'"

"已是隆冬的深夜呀,我在北京街头狂奔。我将飞吻抛向高高的路灯,抛向来往的车龙。"

网这边的我,陷在男人的故事里,不能自拔。男人选的一款披肩。随着披肩,我寄了一条粉色真丝三角巾。我在包裹里写:"冬冬,我爱你!"

素昧平生。我却喜欢将自己淹没在这种感动里。冬冬是个多好的姑娘呀。阳春的三月,寄来了一个大箱子,全是北京的小吃。店铺里的小丫头都在欢呼:"爱死冬冬了!"

秋雨微凉,今天的我,再次将自己原创的围巾寄给冬冬,想象着铿锵的小女人,戴上我的围巾,会是怎样的一种妩媚?我愿意冬冬这样的人,得到所有人的敬重。那个小悦悦,才两岁半。十多人的漠视,丢了性命。那个救人身亡的14岁小男孩,被救的同学一家,连夜消失。我不要这样的冷。

2

我将丝巾命名为《寻找吉尔伯特》。那个故事发生一个美国大兵约翰和法国孩子吉尔伯特身上。小小吉尔伯特,无父无母。约翰这群当兵的,驻扎在他家不远处。吉尔伯特便常常跑过来玩。一群大兵,远离故土,偏安小村,吉尔伯特给他们带来了欢乐。他们一人省一口,喂胖了小吉尔伯特。约翰常将吉尔伯特骑在自己的脖子上。欢笑似阳光,洒满小村的角角落落。很快约翰便回国了。回去的途中,约翰想将吉尔伯特悄悄地带走。可是,吉尔伯特的监护人,却报了警。

故事如果到这里,我不会太感动。也许,只是一个大男人,异国他乡,偶发一段柔情。他和吉尔伯特至少相互温暖过。可是回国后的约翰,心心念念的全是吉尔伯特。生下儿子后,老约翰不停地讲述对吉尔伯特的思念。只是,半个多世纪,直到约翰辞世,都未能再次见到吉尔伯特。约翰的儿子,怀揣着父亲的愿望,踏上法国的土地,只为找到吉尔伯特。几十后,两个男人在法国终于相见,紧紧拥抱!

世上有旷世的奇恋，跨国的生死之爱，有血浓于水的父子情深，可是这样的两个毫无血缘关系的异国忘年之交！我闭目屏幕前，任思绪万千，任约翰父子奔涌的热血在我的血脉里继续左冲右突。

3

从爸妈家回来，已经很晚了。行人稀少。红绿灯前，一个花甲大妈，正骑车前行。明明是红灯呀！想张口唤她，又怕吓着了她。犹豫了一小会儿，我的电车便跟了上去。贴着大妈，不紧不慢。三十秒的时间，感觉真长。二十米的路道，没个头。赶到路那边时，绿灯亮了。我转过身来："大妈，现在才是绿灯，刚才红灯时，你不应该走。"大妈有些意外："那你不是也过来了？"

妈妈近几年才被我们连根拔了，移栽到小城。一直没有细心地教过她，这些交通知识。每次过马路，都见她推着自行车飞奔，批评过她的唐突，从来没有细想过原因。又一日，和妈妈同道，听妈妈欣喜地告诉我："丫头，原来在绿灯亮的时候过路，才没有车子穿过。"心下大酸。宝贝儿刚学说话，就教他"红灯停绿灯行"了，我的妈妈，只是把她拎到街上，从来没有想过教会她这些！

大妈比我妈老多了。头发几乎全白了。我有些难过，我让大妈停了下来，我指着红绿灯，教大妈认。然后指着呼啸而过的大卡车，我说："刚才，如果有车这么走过，就很危险。"大妈像犯了错一样："那你还跟着？""我有车灯，我跟在你身后，两个人的目标大多了。"

风月之情肌肤之亲，销魂蚀骨天老地荒。"吉尔伯特"之情，却是另一种芬芳，点燃人性深处的至亮，骨中香彻，是高悬岁月深巷的皎白月光。

偏方之灵

"帮我挑漂亮的呀,指着它给老婆治病呢。"一个客人,让我们乐弯了腰。小两口冷战,买披肩回家哄老婆开心呢。

鬼男人,他怎么就找到治好老婆的偏方呢?

隔壁大姐。但凡生病,不去医院,都是大哥陪她去街上,或是添一副金耳坠,或者购一只金戒指,铁定病好。我就纳闷了,也太迷信了吧?金子果真驱邪保平安?妈说,金子不治病,是男人买的,就治病了。奇了。朝妈妈看。妈妈说,大姐平时风风火火,里外一把手。大哥把她忽视了。她就容易生病了。金子一买,大姐就知道,自己在他心目中还有着位置呢,当然药到病除。

老蔡老师家,城里的哥哥,患了癌症,说是葵花棒里的白芯子可以治,老蔡老师一有空闲便四下搜集。我们当时在乡镇,一个学校的人,全员皆兵,方圆几百里,但凡有葵花的地方,就有我们的身影。一年半后,还是没能留住城里的哥哥,估计他走得非常幸福,他的身后，还有一座小山，葵花芯子，小山一般地堆着。

我的胆石症二十出头时就有了。听说，猪爪可以排石。小姨父杀猪的，杀下的猪爪从来不卖，一边同行的，也全被他悉数收集了下来。原本从不吃那个，但看着小姨父期待的眼神，不忍拂逆，只是，那么多的猪爪，我什么时候才能吃尽呀！

瑞是远方的一个孩子。一阵子我在培训英语，带学生考级，但地处小城，很多资料不全，参加全国性的考级，心里没底。只在他面前提过一次，他便寄来了考级辅导材料。同学丁丁跟我说，那要好好报答人家呀。呵呵，山高水长的，人家顺风顺水的，一时想不到从哪里报答起。前日，通了电话，他在那端隐隐咳嗽，几年的功夫，他已成家，生了儿子，小东西已经摇摇晃晃地会走路了。看过小东西的照片，替他开心呢。随口便问："怎么会咳嗽？"他答着："几年了。慢疾，一直这样。也不见好。"

这个倒有经验。先生前几年便是这样。隐隐咳嗽，不重，但很麻烦，缠缠绵绵，就是不见好。后来，我决心大，诸多方法多管齐下，治好了一直没有犯过。于是，照搬。瑞在我的远程指导下，用过几招，有所好转，还没全好。

当下，便弄来两口袋枇杷树叶，去超市购来冰糖，一个大箱子，逶迤朝圣般，寄往远方。树叶来得颇为周折，先是老师去乡下，让他带。老师也不认识枇杷树，让一农夫帮着完成，农夫怕效用太厉害，一味叮嘱注意事项，吓得老师以为是猛药，只敢摘取了20片过来。远远不够了。又请三轮车叔叔。这次，明确规定数量。三轮车叔叔走街串巷是优势，不长的时间就集齐了。

邮政大哥看到大大的纸箱，巴巴地只为寄几片树叶，当下撇嘴："破叶子真能管用？"

偏方，指民间流传，不见于医药经典著作的中药方。脚气多年，不好医治。七月,妈妈送来白醋,凤仙花,明矾。天天电话嘱我泡足。一双脚,因了明矾和凤仙花,泡得花一般明艳。妈妈问我,脚好了吗?点头如捣蒜。

偏方之灵,在于背后的那份情意。保证远方的瑞,自收到我的破树叶起,叶到病除。

铁汉柔情

先生拉着一起看新闻联播。一个片断让我感念良久。

张强母亲年老生病，竟容不得儿子一刻不在眼前。可是张强是个单位负责人呀，不说日理万机，也是忙得紧了。只得，把老母亲随身带着，谈项目，出差，陪饭，所有事务，母亲不离左右。每天来公司上班，电梯打开，都见铁骨铮铮的张强，搀扶着步履蹒跚的老母亲，迈步而来。即便是和客人谈生意，母亲也陪坐在一边。久而久之，客人都习惯了，只要是谈事，先跟老娘唠会嗑。老娘，她是所有人的老娘。饭桌上，觥筹交错间，唯见张强频频用纸巾替老娘擦拭，嘴，及手。

陈医生，认识很久了。一个年近六旬的受人敬重的长者。却还有八旬老母。瘫痪在床。陈医生父亲在他三岁时就去世了，母亲一人把他拉扯长大。母亲瘫痪在床，婆媳关系常年恶化，老了，且大小便失禁，媳妇更是不愿再看一眼。陈医生替母亲清洗，翻身，每有太阳的日子，便推着母亲在门口大路上走来走去。邻居每有感叹，陈医生便答："小时候，妈妈也是这么把我带大的，现在我只是又做了一遍。"

喜欢听奥巴马的演讲，《开学典礼》。那个男人，只一开口，便让人感觉阳光万丈。即便是这样一个誉满全球的男人，提起母亲，语气里却是无尽的柔情。母亲单独授他课，爱玩才是孩子的天性，奥巴马不免抗议。母亲在工作之余才有空教他一会儿，母亲拨弄着他的头："你这个小屁孩，别以为我特别喜欢教你。"多可爱的一个大男人，世人瞩目下依旧柔情似水。

门口邻居，女人得了肝病。很严重。已经花去了七八十万，每周要到南京治一趟。女人弱得已经全要男人抱了，偏偏喜爱花草。家里养的吊兰，瑞香，文竹，一刻不离左右。每次，我们都看到男人先把女人抱上车，再折回身，将花花草草一一搬上车，女人的四周，活色生香，男人驱车含笑而行。归得家来，再次先抱出女人，再将花花草草一一搬回家中。

男人吸引人的，不是青春勃发的面孔；不是肌肉发达的身躯；不是一掷千金的豪情；更不是位高权重的一呼百应；恰恰是，铁骨之下隐藏着的漫天柔情。

一径飞红雨

一桌人吃饭。我不喝酒,坐在其间,听说话。

晓舟老师从前并不熟,因为博客,而走近。其实很有些意思,小城不大,居然从前,并不认识。晓舟老师果敢杀伐,从前在职场上游刃有余,文字是他扬手挥出的小尖刀,所到之处,刷刷刷,乱红飞过秋千去,姹紫嫣红随刀开。近来,退出江湖,文字里更多了闲情,含饴弄孙,尽享天伦,笔下不尽温情。方言写作一大特色。人物鲜活一大特色。俗中见雅一大特色。俗和雅,原是极其对立的。长大之初,我们都是那群迫不及待跳离农门的孩子,大红大绿,视为禁忌。稍稍年长,便爱上了那股纯朴,扑面而来的烟火气。晓舟老师的文字,便是这样。有些段落甚至需要跳过,但不影响他文字的独到之处。一如那些消弥在岁月深处的年画,每一念及,便会唏嘘不已。晓舟老师并无这样的责任,一支瘦笔写春秋,但他事实上,这么做着,经年之后,汇编成书,未免不是生命中的绿洲。

朱老师,号称自己的太阳。东道主。这样的活动,常拉他买单。拉着张臭脸却有一颗极其柔软的心。说什么呢。衣胞之地。其实我虽小很多,但这个,常听家人提起。生下来时,父亲便会在屋角,找寻一个地方,刨个坑,然后埋下衣胞。娃儿一路疯长,最终走出家乡。可是,不管他走多远,魂里梦里,都会是他的家乡,那个埋着自己衣胞的地方。"小米饭把我养育,风雨中教我做人",朱老师在讲,当年在自己的小屋里,埋下儿子衣胞的感触,猝不及防中,差点泪湿眼眶。我说,给你们唱首歌吧。

"漫漫风尘路,流连到白头。难离故土难忘家,一步一回首……"泫然泪下。晓舟老师近至晚年随儿子远徙他乡,朱老师随儿远去的脚步也快了,"儿行千里终思归,相知你莫停留"。遥远行程中,哪里是归途,酒也无语,菜也婆娑,老家是永远的方向。

卢老师是一桌子上最气定神闲的。血糖有些高,中药在调理。于是,酒不敢沾,菜吃得也少。原本侃侃的他,沉默了很多。人生很多时候,青春年少风华正茂,可以吃可以玩,却为了积累玩乐的资本,一路打拼,极少可以敞开吃喝,及至拼得差不多了,想要的都有了,身体却提出了抗议,很多东西都成了禁忌。朱老师说,与其打得鱼来,拱着手晒太阳,何如一开始便拱着手在暖阳下晒太阳?呵,他也就是说说。

人生幸福一大味,何而来?我家先生素不多言,那天送我礼物,写在纸片上:幸福是什么,就是在平淡如水的日子,达成一个又一个小小愿望。这便是了。打鱼,是每个渔夫平淡如水日子里的小小愿望,在达成中一次一次攀上幸福的巅峰,老来晒太阳的感触自然不能与年轻力壮便拱手暖阳下无所事事相比。

陈老师是最早认识的。他对文字的虔诚,我曾用大段的文字描

119

述过。他其实不写文,但长年教师生涯,养成一双敏锐眼,从文化单位退下来的他,却没有闲着,办着一个写作班,帮一个单位兼着管家。有时,我的目光都不忍在他身上停留太久,选择掠过。

一个人的生活方式,与他的童年青年时代,密不可分。陈老师出生农门,早年颇吃过些苦。一路拼得江山,花好月圆,即便这样,他是最不敢懈怠的一个,也是这群人中,最温和的一个。一桌人坐下来,因为相熟,常常口无遮拦,再佐以菜酒,未免会有言辞激烈的时候,陈老师常会挺身打圆场,大家笑他好好先生。好好先生双鬓微星,女儿如花似玉工作又好,外孙都已读到三年级了,他应该是最轻松的一个,但缺衣少食的童年少年,让他在丰足的晚年,依然不敢停下奋斗的步伐。这样也好,就这样奔行千里吧。

然后就是我和兰美女了。几乎,我和她成了伴。有我的地方,习惯有她。朋友也讲互补的。她和我,便是。外形上的,性格上的,有时,还有骨子里的臭味相投。《女人花》里那句歌词,最最生动形象,兰便是用文字极力摇曳在红尘中的。其实母语写作,后天的积淀最重要的。我几乎是看着兰在成长,忽然花开的。这么说,老气横秋。但兰的成长,是励志版的,有志者事竟成。

我虽不用再码字挣钱,却将散文一路坚持。少了世俗之羁,我的文字越发天马行空,喜欢它如儿时的蝴蝶结,翩跹在我凡俗的生活里。

近来常恨,牙切切。上班的途中,一块油菜花田,恣肆汪洋,一幕遗落人间的壮锦。一夜微雨,浇熄了它的燃烧。一场花事,还没来得及欣赏,决绝的姿势,凋零了。昨日的相聚,莫名感伤。一桌子人,就和我兰小了些,也都半老了。

人生花事,我们都在赶赴,一径飞红雨,走过的路上,落英缤纷,繁华过尽。这是一场必然,不因你的惋惜,就会来得更晚一些。

还好，生命是一场轮回。四个老师家都有孙子了，我和兰家的孩子已在高中，一如径旁虞美人，繁盛花事之后，便是殷殷种子。只等又一场春雨，便会绽放得铺天盖地。

多应午灶茶烟起

儿时的冬日，寒冷都是彻骨的。和姐姐在油灯下，巴巴地盼母亲回来。怎么会早呢？一个人要操持所有的家务，还代办村里的账目。那时特别胆小，怕老鼠。油灯昏暗，老鼠在灯光下探头探脑。姐姐只大三岁，长得也极瘦弱，抱过我，坐在膝上。老鼠开始迈腿走出来，看着我们惊恐的眼，步子越放越慢，终于，我哇地哭了起来。姐姐抱着站起身，开始跺脚，老鼠仓皇逃走。

母亲裹着一身寒气，卷进门来。匆匆脱下外衣，便领着我们奔向厨房。我开始雀跃起来。早就饿坏了。姐姐烧火，我坐在一旁，母亲在灶上忙。土灶几乎占了厨房的一半。砖块和着泥，地面一直砌到屋顶，外表石灰涂着。灶前，是两口大锅。灶后，留着锅膛，还有一小块空着的地方，放着炊草，坐着烧锅的人。姐姐早早充当起助手。燃起的灶火，映红了我们的小脸，我开始变得有生气起来，在姐姐身边跳来跳去。母亲在两口锅上左右忙碌着，不时地嘱姐姐

"要猛火，好了好了，快小一点。"姐姐在两个锅膛口，手忙脚乱。"底下用软草了，妈妈炸麻花给你们吃。"我欢呼起来。

是那种极小的玉米粒样的东西，唤作"炸籴生"，只玉米粒一半大小，且半透明状。烧火极有讲究，因为它的过程极其短暂，火太猛，会焦，火不足，炸成哑巴果。姐姐在灶膛前挺起小小的身子，吆喝我安分地坐在身侧，软草"哧"被点燃，母亲一手持筛子罩在锅口上，一手持干净的小扫把在锅里不停搅动。火很猛，我和姐姐的小脸，被映得通红，锅里传来噼噼啪啪的声音，母亲的手搅动得更快了，脸上的笑意随着手里的动作，一漾一漾的，香味氤氲开来。母亲哼起了快乐的小调，是那首四季歌。"春季到来柳丝长，大姑娘窗下绣鸳鸯"，白天风风火火干劲冲天的母亲，变成了柔情似水的小娇娘。我和姐姐争着趴到灶台上，母亲喝："下去把火小掉，就好了就好了。"

寒冷被暖香驱散得无影无踪。麻花被盛进了筛子里。炸开的麻花，是五月的栀子，白得耀眼香得醉人。我和姐姐变成两个抢食的小鸟，一边往嘴里大把塞着，一边快乐地喳喳叫。母亲则把筛下的哑巴果，打扫塞入肚中，我和姐姐抢着往母亲嘴里塞大朵大朵的麻花，母亲侧过脸："妈只爱吃哑巴果。"

灶膛的余火，还在。吃饱的我们，回到灶膛前。还有猪食要热，还有洗漱的水要烧开，姐姐重新忙碌起来，我便指着灶上的两行字，姐姐一个一个地教："上天言好事，下界保平安。"姐姐认得全，但讲不清。她说，外婆说的，每家的土灶，都会有个灶神爷。每年，都会上天一次，回报人间苦乐，多数时间，陪在民间，陪在我们中间，和我们同饱饿，共甘苦。我赶紧跑到筛子前，想起也喂灶神两个，可是一个也没有了。姐姐说：灶神不吃这个的，过年时，供他猪头。好吧好吧。我看着白灶上，姹紫嫣红的灶神爷，长得稀奇古怪，倒

123

有一份亲切。

后来，自己成了家，父母也陆续进了城。土灶只有去看公公婆婆时，才会看到。常常地，婆婆坐在灶膛前，公公拄着拐，忙碌在灶上。我常泥进婆婆怀里，赖着也要烧火，婆婆看着我洁白的衣服，吓得直往外推："不要弄脏了衣服。"她哪里懂，多应午灶茶烟起，只要一坐到灶膛的前面，灶火印着面颊，儿时那个香暖温甜的冬夜，便会穿云踏雾，倏忽而至。

栀子花开

八年前的端午节,妈妈让我收车早一点回家吃晚饭团聚。我正好送了一个远路的乘客,天色已经暗下来了。我加快了速度,我想早点赶回家,也许妈妈他们早就等急了。儿子每次在我出车的时候就会在姥姥的怀里巴巴地望着我。还没有太会说话,可是就会冒出个字:"妈妈,回。"心头一酸,真想扔了车子,一心一意地带儿子。

但总得生活呀。只得扭动车的钥匙,狠心地擦擦湿湿的眼角。车子往前轻轻滑动,儿子的声音突然变大,踩着油门,我从儿子面前呼啸而过,不忍再听。今天收工早点,去超市买个拼图吧,儿子也大了,该买点益智的玩具了。我心里盘算着,在我的前方有辆大大的货车,挪动着笨重的身躯在我的面前不急不慢地行驶着。我油门一带,方向盘一转,我想从它的左边超过去。惊险只在刹那,我的车突然失去了控制,直向左边的河里冲去。我吓傻了,只怪叫了一声,就死死地握住了方向盘,脑中只有一片空白。我眼睛死死地闭上，只等噩运降临到我的头上。

　　我也不知道过了多久，也不知这当中发生了什么。当我被自己声嘶力竭的怪叫惊醒的时候，我才意识到自己还活着。我迟迟地睁开眼，我发现我的车居然安然无恙地稳坐在河底，河里居然一滴水也没有，当我确信我已经没有了危险时，怪叫变成了小声的哭泣。我趴在方向盘上，劫后余生的喜悦淹没了我，我索性放开嗓子哭了起来。

　　这时，有人在敲窗玻璃："孩子，你没事吧？"我抬眼一看，一个五十余岁的大妈正关切地看着我，我摇摇头，不好意思地说："谢谢，我没事。"我开始环顾四周。这是条干涸的河，岸边长满了杂草。很陡，我的车开下来了，却不可能开上去了。那么我只有下车寻求帮助。我的脸上挂满泪水，但我朝大妈挤出一丝笑。我用力打开了门，走出了驾驶室。可能受了过度的惊吓，走下车的我，腿都软了，我扑通往地上一跪，大妈及时地扶住了我，我挣开她的扶持，我赶紧地四处看看我的车。车子是借贷买来的，才付了首期款。要是有个损伤，我会心疼死的。

　　大妈在一旁着急地说："孩子，你福大命大呀，先活动活动胳膊腿，看有没哪儿受伤。"她这么一提醒，我才感到自己的面颊上火辣辣地痛。我用手轻轻一摸，嘴里咝咝有声。再舒展胳膊，幸好没哪儿折断，但胳膊肘膝盖处都有几处擦伤。大妈心疼地催我："快上来吧，出这么大的事，人没事就万幸了。"

　　伤口还真疼，我一瘸一拐地跟着大妈上岸了。大妈的家就在岸边不远，跟我刚才行驶的路就隔这条河。大妈指了指自己的房子。"这里就我们一家呢。"大妈很喜欢说话。我跟在她身后。她突然折身向公路边走去。我才注意到，她手里有一面小红旗，说是小红旗，也不全对，只是孩子的红领巾剪短了点。上面还有根小棒。

我看着她，搞不懂她做什么。她往路边的电线杆边站定了。然后从口袋里麻利地掏出绳索，小棒往嘴里一衔，然后双手很快在电线杆上打了个结，然后把小木棒往里一插，小红旗飘动起来。

我才发现，电线杆上已经有好几面小旗了。我朝着大妈看，百思不得其解。大妈很快绑好了，冲着我嘿嘿笑："总共有十三面了，这里常出事呀，只能这样给司机提个醒了。"大妈突然有点不好意思起来："我是不是有点爱多管闲事啊？"我在心里骂自己，怎么就这么粗心，这么多的小红旗插在这儿，我看都没看到，居然超人家大卡车。我朝大妈摇摇头："您不是多事，是我们太粗心呀！"

天已经全黑了。车子暂时只能任其自然了，我想起家里等待我的亲人，急得直搓手。那时还没有手机。大妈朝我："打个电话回家呀，向他们报个平安。"我不好意思地搓搓手："那我会付您电话费的。"大妈朝我挥手："尽管打吧，不用钱的，你平安无事，是件值得庆贺的事呀！"我先是给妈妈打了电话，没敢说自己出了事，只说有个客要送很远，今晚可能回不去了。第二个电话是打给老公的。刚一接通，听到老公熟悉的声音，我哇地一声哭了起来，好容易哭哭啼啼地告诉了他原委，哪知他一听我连人带车栽进了河里，在电话里就向我开炮："早就说过，女人成不了大事的！你偏要学什么驾驶！你看看，出事了吧！没个本领逞什么能！"老公气势汹汹地摔掉了话筒。

我呆在电话旁。大妈一直在旁边听着。"别这样，男人都这样，嘴硬心肠软，没准他现在正往老婆这儿赶呢。"我被大妈逗乐了。大妈端来大木盆，注满水，把煮熟的粽叶倒进盆里，然后端来蜜枣、咸肉还有糯米，坐下来包粽子。我坐在一边开始做她的下手，递递粽叶，放放蜜枣，刚才失去的魂魄仿佛回到了我的身体里。我已经能和大妈说笑了。

这时，大妈家大门被推开了，是老公来了。我惊喜地迎上来。"车呢？车没事吧？"老公劈头就问。"没事呢，我已经查看过了。"我一脸媚笑。老公满脸不信，我跟大妈借了手电，领着他到了河底。他拿着手电细细地照看了一遍，然后才回到了屋里。我拿了张凳子讨好地让他坐下，他对着没头没脸地叫："当初买车时我就反对！女人家开什么车？！没个金刚钻就别揽瓷器活！丢人！真是丢人！"老公的话语像把刀子又稳又狠地扎在我的心上。

我是从沟底爬上来的，他没有正眼看我一眼，只在关心他的车，现在确信车没事了，想到的还是怪罪我。我的脾气也上来了："那我做什么呀？你养我吗？你每天数着我挣来的钱时，怎么没说过这么难听的话？"刚才车子出事，我只是惊慌，还没想到后悔，现在我不只是惊慌，我感觉到一股透心的凉，一股来自我最亲的人那里的凉。

一直在旁没说话的大妈突然指着咆哮的老公："出去！你给我出去！你的老婆是从公路上连人带车翻下去的。我站在路边，吓都吓坏了。车子在空中翻了两个跟头呀！你是她最亲的人，你没有查看她脸部的伤，"大妈边说边撩起我的长发，"你没问问她人要不要紧，就听你在这里叫！你出去！我不要看到这样的男人！"大妈一定是气坏了。大妈指着老公的鼻子恨恨地说："你的良心被狗吃了！我是一个跟她毫无关系的人，我都替她庆幸，她今天真是太走运了！要是今天摆在你面前的是躺下的她，不知你会是什么样？！"大妈一定是情急，一定是把我当成她的女儿了，护犊之情让她一口气说了那么多。老公气急败坏地折头就走了。我扑进大妈怀里痛痛快快地哭起来。

大妈拍着我的后背，倒是有点后悔："我怕是疯了，我一辈子还没跟人吵过架呢！唉，明儿我还是向你老公赔罪吧。"那晚，我怎么也吃不下饭。我草草洗漱上床睡觉了。也许是惊吓过度，一整夜，我恶梦不断，下半夜时发起了高烧。大妈一直没离开我。昏昏沉沉中，我看到大妈用筷子在碗里捣鼓着什么，嘴里还念念有词。我的头沉得抬不起来。嘴唇渴得裂开来。大妈不停地为我添水。我的眼泪不争气地流下来。今夜应该是老公陪我共患难的呀，却是素不相识的大妈服侍我左右。

天亮的时候，我还没全然醒来，就听到屋后有大卡车的吼叫声。我翻身起床，只见屋后围了好多人，大妈端着茶水，手里捧着热气腾腾的粽子，正对着岸边的人挨个发过去。"待会儿车要上的时候，就有劳各位推一把了。"大卡车拖着我的小车，吃力地往上爬着，车轮卷起的泥土打下了一个深塘。坡很陡，大卡车像发狂了一般，埋下屁股使劲地往上拉，这时大妈对着那帮人叫一声："起！"大卡车长出一口气，人群一声欢呼，我的小车终于上了岸。我在一旁看呆了。大妈走过来看到我："孩子，别怪我老婆子多事，这是我拉出的第二辆车了。"大妈的老伴笑着打趣："我管她叫雷锋二世。"大妈白了老伴一眼，并不理会他，又拿起粽子分发，我连一句道谢的话都说不出口。

我依依不舍地告别了大妈，大妈临别时殷殷嘱咐我："回去好好过日子，别为了这事吵架，男人总有点口是心非的！懂吗？"这样的一个人，只顾着为别人着想！我哽咽着答应着。

今年的端午节，闻到满街的粽子香，我又想起了大妈，想起她拿着粽子四处散发的情形。我卜定决心，无论如何得去看一趟了。远远地，我就看到洁白的一片，还没到那儿时，股股清香扑面而来，是栀子花！这味道我很熟悉，但这么一大片，我还是头一次看到，蔓延半里路呀。我下了车，大妈正在路边除草。八年了。她还是那个老样子，花衣花裤，头上戴着女儿淘汰下来的帽子。我激动地叫了声大妈，她已经认不出我了。我急着指指小河又指着车子，她才想起我是谁了。她笑着说："你走了第二年，我就种了这片栀子园了，既然红旗不显目，这满眼的栀子总能引起司机的重视了吧！嘿嘿，最重要的是，想飞也飞不过来了。"

是的，栀子花已有半人高了，现在如果我再超车，想必也难飞到河底了。其实这一路，就大妈家这一段有条河，所以属于事故多发地段，虽然不关大妈什么事，可每次发生在她眼皮底下血与泪的事故，让她无法释怀。所以善良的她，一个办法不成，又想一个办法，"嘿嘿，孩子，自打有了这片栀子，一直还没出过事呢！"望着蓬勃的栀子花，望着一脸笑容的大妈，我不知该说些什么好。

这个世上有种人，虽然没有惊天动地之举，但你那颗被世俗的种种日益包裹得坚硬冰冷的心，却会在某个瞬间被来自她的温暖解冻，那种温暖她自己并不自觉，由她的掌心传递到你的心里。从那以后，我一直怀揣着她的温暖，而她再见我时，已经记不起她对我的帮助。就是这样一些平凡的人，却像一颗永恒的光源，她的光和热从飘动的小红旗到这绵延半里的栀子花，一路撒下来。从此，我们行走在路上，沐浴在她的温暖和芬芳里，不再孤单，并永远心存感激。

陪一朵花，微笑到老

丁丁老爸，身体不适，去了医院，原是虚惊一场，全家大喜，我跟丁丁说，去帮老爸全身上下换换新。

两个小女人，席卷大半个街。常年替我们家父母大人置办行头，街上这些店铺我是门清。上衣裤子皮鞋袜子竟连鞋垫都买到了。一条大红莫代尔的短裤，腰间火黄色，大大的福字分外抢眼，快赶上一条裤子的价格了，我示意营业员打包："这个一定要。"丁丁朝我看，大眼忽闪忽闪的，忽然就有了雾气："这么多年，还没想过替他买衣服。哪里知道，铁打的人，也有像孩子的这一大呀。"

几天的折腾，丁丁老爸看到我们来了，明显委屈。一大堆的新衣，老爸慢条斯理地说："不是有呀，哪要买新的呀。"说归说，手不停歇地把吊牌全拆了，只等次日一早，穿上新衣回家家。丁丁妈掩口偷笑："倒像新郎官了。"

认识宝叔快五六年了。近年来，宝叔不上网了。退休后，一辆破车骑天下。上次到南京，问我："丫头，无锡距离你们还有多远？"可惜我正忙得冒烟，没有听懂宝叔的话，老人家是个极腼腆的人，不得邀请，哪里会来？后来看到他传上空间的照片，和女儿站在一起。骑行服、头盔、骑行手套，护膝，武装到牙齿。宝叔一脸璀璨："丫头非要把我搞成个老妖怪。"

丁丁最近成骑行发烧友了，我朝她挤眼："照宝叔的规格，装扮你老爸？"丁丁有些动摇："就怕老爸不配合。"

世上的老妈，不用担心她老来无事，家里家外够她操心的了。农村里的老爸也还好一点，三亩薄田忙到临终。最难便是有份工作退休后的老爸。老爷做惯了，油瓶倒了都不扶的主儿。我家那位就是，从前多英雄呀，朝我手一舞，大丰东半个地区全是我的，我以为全是他的天下，他顿了下，债务。当年姐集资房子，四万元要立捧，老爸纯贷款，为最快还清债务，又借了八万元。一共十二万，二十多年前，这笔巨款让他一夜成名。那样一个豪气冲云霄的主儿，突然就成了一个需要你时时看护的婴儿。一瓶老酒，睁眼就喝，喝到临睡，瘦成一把，风一吹就要倒，再去看他，活动的地盘就剩了那张床。朝他翻眼，让他拿出点精神，他还我白眼："干什么呀，还有什么江山打？"

亲爱的爸，你没有江山打了，我还要打江山的，你这副模样，让我怎么放心冲锋向前？一边痛骂他，一边坐到他身边，声音突然就哽咽了。何医生认识好几年了，那样一个满腹诗书的长者，前日跟我说话，也尽是气馁："我们老人没有什么前途了。过一天算一天了。"心下大酸。何医生是中国名医了，谁能敌得过冬天来袭呀？

买了个大音量的随身听，买了好种易活的花，我开始天天往老爸那儿溜。一大早，我就骗得他，穿得帅帅气气的。然后随身听里，《沙家浜》《白毛女》《洪湖水，浪打浪》，一首接一首，我一边跑一边唱，神了，老爸跟在后面哼唱起来了。还是我最懂他。早年的爸，《一双绣花鞋》乡里演到城里，快成名角了。

那几盆花吊在他的阳台上，弄几枝假花插进去，远远一望，他的阳台真真假假，美不胜收。引得四周老头老太争着叹，好看好看。老爸脸笑成一朵老菊花："小丫头弄的。"

近来看《不悲戚的凋零》，说的也是中国的老龄化问题。我因为目光一直放在那些养育过我的长者身上，心里更多悲凉。凋零从来多苦雨，何来不悲戚，就是要帮着他们积极面对了。叔叔才华横溢，却也好玩散漫，打牌可以连战几个通宵的。眼看着就要退休，想想身边很多人，直接从牌桌上，送进救护房，生气了，直接命令："不许再打了！"

总得替他想个事情做做。写作。叔叔家儿子出资，我负责监管，六十大寿时，要求有一本书要出来。"要求发表过的！"声色俱厉，叔叔讨饶打折："能不能降低要求？发表就免了？""嗯，表现好适当减免"。叔叔从此有了事儿，牌坛少了一位干将，读书、写文成了他的新宠。

人生冬季，既然是自然规律，无可避免，那就向隅微笑，做一朵落花化为春泥，温暖根下的那小小的一方热土。我能做的，就是陪着他们，一直微笑，坦然面对，不教一日虚度过。队伍正在扩大，小舟老师认识不久，对他也有要求：多读书，多写文，贵阳卢老师是你的榜样，写博客也要篇篇精品篇篇成文，毕加索八十五岁一年之内一百六十五幅画，想必你六十岁之前，两本书不在话下？

小舟老师被鼓动得正如一叶满帆的舟了，破浪驰行。前日遇冯老师，老师叹一声：赶紧退休吧，让我好好写一把。喜欢小女人不是无道理的，这样积极的人生，才是对头的。

那些陪我走过的人

总要想起嫂子。

从前在乡镇,一头埋在书堆里,很少出来走动。分配过去几年了,小街上很多人还陌生着。怀孕了,停止了一切奋斗,嫂子便带着四下转悠。自家没有哥哥,逮着吴姓的就叫哥哥。于是便有了嫂子。

嫂子是白族人。父亲在远方当兵,拐来漂亮的白族姑娘,定居当地,嫂子一家便在江苏扎了根。嫂子说话外地口音很重。生得一小丫头,如花似玉。干活也当玩耍,大多时间都陪我了。

我虽然读的书比她多,但生活中,全然一个笨人。嫂子样样教。比如替宝宝织毛衣。棒针在她手里如飞,她不累,我眼都看累了。嫂子手把手教:起头、正身、分夹、胳膊、领口、收头。巴掌大的小衣服,我就是没法搞定。嫂子家女儿就在我班上,咱们换活干,我帮她带女儿,她帮我织毛衣。常年的劳作,让嫂子已经看不出当年的美貌了,女儿却惊为天人。盯着小姑娘看得口水直流。四下带着炫耀，人家问，你是她什么人？答，姑姑！人家当下撇嘴：不像。乐了。是不像。回头告诉嫂子，有些不服气：嫂子长得就这副模样，怎么我说是姑姑，人家就不信啦？

嫂子得意地笑：嫂子当年不是吹的，洁白一身婚纱惹得人几里路追着看新娘的。我信。嫂子就是干活，也是半小时回家换一身衣服，走进她的闺房，那叫一个香艳。

终于到了临产时分。惶惶不可终日。嫂子不离左右，嘱我又嘱先生："生宝宝这个疼，谁都没法替你分担。再亲是父母，再疼是老公，但是都没有人可以分担。这一刻起，你就是一个大人，一个可以单独挑起这份担子的大人。"

这番话，没有一本书上有，也难得有人想起来教我。就是嫂子这番训导，我变得特别有担当。生孩子的各种苦，不堪回首。但一直勇敢坚强地面对，产程中遇到很多挫折和麻烦，剖腹，一排的刀钳，高高的氧气瓶，十四瓶水分吊在两边胳膊上，都没有丝毫气馁退缩与动摇。有些苦有些痛，没有人可以替代，嫂子的话，陪着我走了这么多年，一直笑对着生命中出现的各种坎各种坡。

进得城来。常要加班。小儿反锁在家里，百般呵哄："爸妈一会儿就回来。"等忙好了事情，飞一般赶回时，屋里却没有人。吓得声音都变了，两人轮着唤小儿。对面门却敞开了。"声音小点，他睡了。"小儿睡在邻居手里，我赶紧接了过来，儿子睡了，小手放在嘴边，鼻息均匀，却叹了口气，抽噎了一下。邻居轻声地交代："我简单把他洗过了。喂了一点吃的。哭成什么样了。一边哭一边说，爸爸妈妈不要他了。还说，大姨，我饿。我可不可以吃你们家饭饭？真的好乖。"邻居交给我，还在小儿额上亲了一口。

房子是租的。一楼。光线特别差，潮湿又阴暗。幸好有这么好的邻居，才将我们租房的苦楚减到最低。

常要加班,再要哄小儿在家时,小儿直接门一推就往邻居家走:"妈妈我去大姨那儿了!"

后来自己买了房,搬离了那里,很多次想回头看看邻居大姨和叔叔,一直也没成行。今年居然在小区遇上了他俩。我急着让小儿唤大姨,可惜,邻居家两口子都没能把我们认出来。这些都不重要了,他们给予的那份暖,已经植入生命里了。假以时日,会十倍二十倍地放大,波及身边所有人。

新到的单位,人和人之间疏离着。不知道是不是因为初来乍到,总感觉到几份戒备与设防。小儿跟着先生先来的。奶爸带孩子,实在够呛。工作就够手忙脚乱的了,还要带个孩子,管吃管睡的,小儿上学又早,明显不好招架。宗老师年长很多,看在眼里,并不多说,每每放学,第一时间帮着找到小儿,看着作业,整理书包。轮到先生临时被叫着出去有事,小儿直接就跟了宗老师。

后来我也过来了。虽非木秀于林,但有公主脾气,难免有遭遇风摧的时候。宗老师张开双臂护雏式地把我挡在身后。那时就已经写些小文章了,宗老师是我最忠实的读者,第一时间找到报纸,读给办公室里的人听。可惜那时懒,发表很少,可以让宗老师向众人证明的时刻并不多。再后来自己跳了出来,再遇宗老师,宗老师和爱人散步呢。拉着我的手,不舍地打听我的近况,总让我,要是不如意,还是回头吧。宗老师说,回头来,总不会吃多少苦的。

我能理解。他们一辈的人,总觉得稳定大于一切。可是彼时的我,急着要闯出一条不同的路来。我乐了,我摇着她的手,我告诉她不用担心我,稿费很高呢,养活自己总不成问题的。在她面前蹦着跳着,突然眼底就起了雾气:这个世上,除了我妈,还有谁这么巴心巴肺地替我着想过?

前几天在阳光城市那儿,又遇上了宗老师家两口子。拉着我的手，问了儿子问老公，问了写作问网店，一百个开心一百个不放心，完了还远远挥手："来家里玩哦！就在那幢楼！"

她手指的地方，高楼直冲云霄。早早退休的宗老师，短发微卷，白皙皮肤，俨然路边白玉兰，一举手一投足都是知性儒雅纯美。

生活总像旅行。那些陪我走过的人和事，都是掠过眼前的风景。虽然再无回程的路，那些风景，都永远陪在心底，风光旖旎。

心生莲花

客人收到钢笔来找我们。着急上火:"钢笔后端拧不下来!"怪了,怎么有拧不下来的说法。当下问清楚了部位,让她再旋一下,就下来了。"不成!三个力气特别大的男同事都旋了,什么破笔嘛!"

钢笔的构造特别简单,价高价低,除了笔身的材质有区别,关键看笔尖。我们卖的是王者品牌的,专柜正品,特别顺手好写,客人找来,我倒有些想不通了。我找来一支笔,自己又旋了一下,跟客人确定了一下部位,我笃定地跟客人说:"不要急。我和你同时来做这个动作。请左旋一下,再右旋。"

客人彻底火了:"要不,我寄你们给我拧开就行。"我说:"不急呀,先放一放。现在,咱们再来试一下,说不定就能拧下来了?"

是我的口气,让客人感觉特别妥帖,她一边强调着都已经拧到这会儿了,但还是照我的说的,又试了一下。我知道,拧开了。

果真,客人打字过来了。天,这什么设计,需要这么折腾!

我答，哪里折腾了？你不是女生吗？不是很好拧吗？我能很肯定地告诉你，拧得开来，因为人家原本就是一堆零件，组装起来的，所以，拧不开来从何说起？

客人有些不好意思，那我三个男同事都拧不下来！

你们拧不下来，是因为你们一直怀疑。我确信拧得下来，是因为我坚信不疑。

客人讶异：你学过佛？

心生莲花佛气自来。我没有学过佛，但我知道，凡事坚持一点点，胜利就有可能是你的。

拧笔不过是件小事。可是生活，就是由这些小事汇聚而来。心生莲花，万事不急不躁泰然处之，幸福会如影随形。

怒放的生命

1

正和爷爷家,就隔着一条小河。小河上一条小石桥,仅容一人通过。

特别喜欢往他们家奔。满屋三间,贴满年画,都是那种有内容的,连续成故事的轴画。那个夏天,所有的人,都往他家奔。后院,足有半亩大的空地,爷爷和奶奶不种庄稼,不种小菜,长芍药。

爷爷家是两个男娃。男娃和我们一般年纪大,从不把花花草草放在眼里,但是满院的芍药让我们羡慕坏了。

缠着妈妈也种。妈妈笑,不语。彼时,我和姐,高低参差站在她面前。祖父母年不长,却早已力不从心的模样,还有一群叔叔没有成家的。妈妈叹气。父亲在外,她拉扯着我们,还要时时操心着叔叔们的婚事，芍药，对她而言，看一眼都觉得奢侈。

满院的芍药，或浅粉，或洁白，或艳红，一开便成蓬勃之势，几日几夜，花开不败，或者会有此开彼谢的，只是我们看不出来，就见一院子怒放的花朵，我们的一颗小心看得雀跃不止。锦兰奶奶和母亲一般年纪，并不吝啬，去的人，都有一朵带回家。得着芍药，用只碗，放些水，实在记不清，那些水有没有能延续芍药的生命，及至放到不得不扔的时候，会发出满足的叹息，扔掉，再去和锦兰奶奶要。

现在想来，正和爷爷家并不算得大富大贵，满院的芍药，点燃我们最初最美的向往。那是一种积极的生活态度，精神需求高于肉体需要。

做淘宝，极累人了。却愿意一盆一盆地往家搬花。常常会因为忙碌，对它们疏于管理，却记得时时更新，保持一室花香。每个黄昏，归家的时候，都显得疲惫，但一觉醒来，又见艳阳满天了，飘窗上的小花小草自在招摇，那是锦兰奶奶教会我们的，世事再沧桑贫寒，只要爱美的心在，便会花开满池，即便有花败的一日，也会有无尽的花香摇曳飘散在生命里。

2

奶奶家后有很多排高大的梨树。现在想来，该是他们唯一的财产。

特别不喜欢爷爷奶奶。春天的时候，梨花满树，仿佛一夜暴雪，不长的时间，梨树上结满了梨子。一双双小眼热切地看着梨树。缺衣少食的年代，梨花再美，永远敌不过梨子的诱惑。一日一日看着梨花落，结出小点点的果子，然后一日日长大起来。会想着爬上树，摘了梨子吃。爷爷奶奶却看护得紧，即使他们亲生的孩子，一样不许碰。成熟的梨子，被奶奶摘了放在竹篮里，那时流行露天电影，奶奶追着电影而去，叫卖她的梨子。小叔正是青葱少年的岁月，随手从奶奶篮子里拿几个，分发给他身边的女孩。

奶奶将风刮下来的梨子，或是有些破相的，集起来，送到我们手里。父亲难得回来，奶奶挑最大最好的梨子，悄悄送来。我那个火呀。她知道宠自己的儿子，我就不信，我爸会在夜里把梨子一口吃了自个儿养肉去。

外婆是个多么睿智的人。这些不服，全可以在她面前诉说。外婆劝解着："叔叔太多，奶奶又没有其他收入，梨子全分给你们吃了，叔叔们就更讨不上老婆了。叔叔家贫，追女孩不容易，几个梨子人家女孩还看不上的。宝儿不难过外婆家的全省给你们吃。"

愤愤不平，继续告状，夜里送梨子算什么呀。给我爸一人吃了浑身长肉，还不是一样落进我们肚里？

外婆这下笑了，奶奶哪能不知道，最后还是落入你们的小肚子，只是爸爸难得回家一趟，她拿什么疼你爸？

春天再来的时候，我们便不再馋嘴了，小蜜蜂一般追着梨花而去。再有梨子小拳头似地冒出时，我们变得比谁都要呵护。叔叔们的婚事，真折腾。就奶奶家那几间破草房，摇摇欲坠。为了充充面子，每次相亲，妈妈都带领我们，将家里能搬的东西，搬到爷爷奶奶家凑数。能有什么？

那个大缸，里面装着一半粮食，下面塞着稻草。费尽气力，转到奶奶家。再有，就是家中的几条纱巾了。

棉被折成豆腐状，丝巾四角方方遮其上，再多的败絮其中也掩盖过去了。

四叔终于说上一门亲事。四婶的爸爸，是个村里的要人。我们唤做外公，过来上门望亲，奶奶家唯一能拿出的便是梨子。外公吃梨子不仅削皮，梨核很大的时候，就要扔。这下急了，转着外公，外公会把梨子喂进我们嘴里。妈妈就点我们鼻尖："外公一个大男人，哪至于梨子都吃不下，他的膝前绕着的可是一堆小馋虫。"

四婶在梨花飘飞的季节，遽然离世。弟弟比我小很多，人生的剧痛，他提前领略。近日，跟他聊天，看他空间，不忍卒读。四婶和我们接触并不多，她的隐忍操劳勤劳节俭，于我们，一生都是巨大的财富。四婶的个子特别高大，弟弟的身量完全传自她。梨花的飘落，从来都是一种决绝的姿势，一凋谢，就是满地白。来年的春天，又会是千树万树梨花开了，这一段写给弟弟，相信他比姐姐懂，梨花再开的时节，每一朵都是婶婶的思念与祝福。

3

刘二有些跛脚。长得倒很俏俊。从小指腹为婚，自家的表妹。父亲临走时，还拉着表妹和刘二的手，要他们一定幸福。

那时的大队，刚有一个造纸厂。造纸和红墨水。满河的红水，那时并不懂工业污染。追着河水舀回家，追不及待地画画，写字，给自己的作业本上，写大大的一百分，从第一页，到最后一页，过足了瘾。

可是有一天，河边却站满了人。表妹站在一人深的河里，往纵深处走。表妹是真的漂亮，长长瓜子脸，一笑两颗镶银牙。高挑苗条，似家前屋后开满紫花的梧桐树，一举手一投足都是摇落得下来的风情与妩媚。

可刘二不买账。刘二喜欢上了造纸厂的外来妹。表妹那阵闹呀。表妹一边往河深处划去，一边痛说着刘二父亲临走时的不舍与希冀。

河水淹过她白皙的臂，淹过海藻般的乌发。河边站满了看热闹的人。这是一道选择题，外人是帮不得的。

就见刘二站在岸边，先是汗如雨下，后一个猛子扎进河里。岸上的外来妹嗷一声怪叫，捂着脸迅速地离开了河岸。

夏风吹来，梧桐花纷纷坠落，落在河面打着旋儿，一路直下。

后来再遇刘二，池塘边一个小屋，拴着条看家的狗。老迈迟缓，没看见从前花容月貌的表妹。能认出我，只是笑得很勉强。生命是个很神奇的东西，估计刘二，在那个下水的日子，就已经算死了。之后的每一天，都是躯壳。那么，那个串串紫花似的小表妹呢？她的生命，哪日算花开，哪天算花谢？

4

去影视基地时，去的时候，很仙很唯美。纯白的羽绒服，下摆羽纱，背后还有偌大一个同色花朵。下面是我的招牌乞丐裙。人人朝我看。我知道。这样的严冬，这样的衣服，要的就是夺人眼球。

十分多钟的车程，车子一停下，招呼着我们换衣。不过一眨眼的功夫，我换上了斜襟棉袄，下面是又长又大的水桶裤。没有我穿的鞋子，好容易找得一双黑布鞋，还是单鞋。脚一伸进去，全如灌进水里了。

同去的人，哈哈笑着，指着彼此。其实，人就是一张皮。不管你来时，是如何的身份地位，这会儿，你就是解放初，缺衣少食的老百姓。儿时为着能走出村庄，一头钻进书堆里，好容易才跳出农门，这一身打扮，直接把我送了回去。

还不够的。长发被打成了小辫子，卡在身后。还不够，巧克力色的胭脂扫到了暴露着的皮肤上，还不够的，一条围裙拦腰扎上，补丁摞着补丁。枯黄黑瘦穷困潦倒还不够形容。阔大的衣袖，双手一抄就笼了起来。再往那个笆门上一倚，就能加上台词：大爷大娘行行好吧。

一堆儿时的农具，全到了眼前。钩刀，大锹，泥篮子，扁担，独轮小推车，破竹篮，太有趣了，挎上竹篮，我又蹦又跳："山歌儿悠悠小辫儿晃晃迎来了小姑娘。"我是那个田埂上找寻猪菜羊草的小姑娘了。

角色，群众演员。就几个镜头。来回跑着。算是人气，有时夹着碗筷，有时操着两只手。还有吃饭。一个大大的草堆，三三两两的马车，一个木棍捆绑的秋千。表演大伙儿吃饭。窝窝头，生平第一次见。先开始不敢往嘴里放，然后放了又不敢下咽。旁边的人，因为新鲜，又有导演扯着嗓子嚷，真吃呀，都在大吃大嚼。我闭着眼往里咽，一股怪味，由喉间游走，一路往下。人其实很有意思，你的角色定位，决定着你要做什么。你是一个群众演员，你就是那一个被忽视的人，可有可无。你是主角，你就被众星捧月地呵着护着，一举手一投足都众目瞩视。边上的一个大姐，他们都说，跟我长得特别像。一路颠簸，跟在他们身后一直做着绿叶。不知道她是不是一直是那片绿叶，还是红花之后，华丽丽转身为一片甘于命运的绿叶，不得而知。

那个女二号，真漂亮。片场里也有马太定律的，越是主角，越让她穿得漂亮，妆容精致。越是配角，就越是老土穷酸土陋。天黑的时候，风大，衣服又灌风，我在原地蹦个不停。

下次估计我再来的时候，就会想法夺人家的位了。似乎我就不是那个甘于做绿叶，一做一辈子的人。

此为说笑了。这样的深夜，我在敲字，他在电脑上忙活，儿子，正拼命练字。一旁的"跟屁虫"里，放着歌，其他歌词不详，单单一句我听明白了：我想要怒放的生命，呵呵，这就对了。儿子张着他青春的翅膀，直冲云霄呢，我们呢，也不敢叫一分钟等闲而过。"我想要怒放的生命，就像飞翔在辽阔天空，就像穿行在无边的旷野，拥有挣脱一切的力量。"儿子在纸上写下这样的话语，正兴奋地喊我们去看。

伤离别

我不算一个特别柔情的人，哭得稀里哗啦的时候，不多。也不喜欢宠物，从来都觉得人还没照顾得周全，实在没有多余的爱心，分给猫狗一类的。但是，那次，为了丑蛋，真正是五内俱焚。

老爸老妈，渐渐老了，再丢在农场，很不合适了。常常回家，也不现实，和姐商量，买了个二手房，直接把他们接进小城里了。

只是妈家的丑蛋，让我很难处理。

丑蛋养了好几年了，爸妈的家，就在公路边上，丑蛋上公路是常事，不知道哪一天，被过往的卡车压断了后面两条腿。它的最痛最苦，我们都没有亲眼看到，待到儿大后，它拖着两条伤腿，回到家中时，爸妈都吓坏了。却没有办法帮到它，只是盛满好吃的，放在它面前。

流脓淌血的时期过去了，渐渐痊愈了，后腿再也不能站立，只有前腿撑着，走路也变得艰难。

很长一段时间，妈妈被我们接来，又找了一份工作。爸爸留守农场。他自己也照顾不全的，丑蛋便三餐无定。爸爸出去混饭时，丑蛋成了流浪狗。再怎么流浪，它还是记得回自己的家。

爸妈的房子谈妥了价格，卖掉了。所有物什都做好了交接。我陪爸爸到农场交钥匙，那个承载了我的少年和青年时期最美好时光的小别墅，要交给他人了。那片我亲手栽下的小竹林也要就此交给他人了。这些，我都有思想准备，唯有丑蛋，让我好生为难。

爸妈的新家，显然没有容它的地方。妈妈想带到她扫地的那个厂，如果它是条正常的狗，肯定不成问题，关键是，它的后腿一直是拖着走路的，厂里根本不会容下它。

回农场的时候，我从路边买了很多熟食，猪脚爪一类的。丑蛋看到我们，一路欢歌飞奔而来，看着它别扭的姿势，我更难过了。我掏出猪肘，它欢快地摇着尾，一边吃一边朝我兴奋地嘟哝着。我抚着它的伤腿，朝着新主人说："我没有什么割舍不下了，就我家这条狗……"

眼泪猝不及防。丑蛋并不知道，我决定不带走它了，依着我，时时蹭着我，不停地摆着尾，嘴里发出欢快地声音。我一遍一遍地抚着它的后腿："你们只要舍它一口吃的，我替它谢谢你们……"

买得有些多了，丑蛋撑着了，不再吃得下去，我劝着它："吃啊，乖，最后一次喂你了……"

这下好了，一旁的爸爸眼泪也下来了。朝我催促："走啊，车子开了！"

丑蛋看见我们装家具的车，启动，开始跟在后面追，我朝它招手："回呀，要听话，不许跟着。"后来就偷偷尾着车，在树林里忽隐忽现，我难过地把脸转了方向。

后来，悄悄回家看过它几次，新主人说，它总在路边，朝着西边看。大约不相信，你们再不回来了。后来，它就不见了。这么长时间了，估计丢了，没有再看见过它。

我的泪，再次刷刷流下来。我找遍了每一个可以看见它的角落，我发誓，我要能再看见它，就一定会带走它。只是，再不见我的丑蛋了……

有些离别，一生是伤。

第四辑

月与灯依旧

我是那个二八年华的少女,飘过我生命的每一棵草都可以随手捞来插在发际,时间走远,那份清香长留,月与灯依旧……

梨花醉

恒北村梨花节,呼啦啦一群人,坐着大巴车前去。老实说,这一趟,不轻松。要写出一篇文字来的。对于文字,早已没有了之初的随性,朵朵梨花点点离人泪,梨花自古便是文人墨客吟咏歌唱的最爱,我能写出什么样的文字,对得起它的满园花簇簇?

同去的,有很多小城知名的书画家,各自带着工具,在梨花园的茶社现场挥毫。曹老独自一人,在东侧。我蹑手坐在他身边,怕惊扰他,轻声唤着。曹老倒是从容,絮絮地跟我说着话。

认识曹老很多年了。那时,刚刚结婚,还在乡镇工作。那个时候,先生便有着和常人不同的追求,只是书法是门很阳春白雪的学问,乡镇可以交流的人很少。先生工作之余,便想着走出去,遍寻名家,寻求指导。曹老其实不搞书法,但绘画很有一手。自古书画同源,何况曹老是小城里文化单位的元老,见解自是很不一般。便有过几次拜访。

记得曹老,很是鼓励了一番。先生不怎么言语,多数是我说话。那时,先生在南艺成人班里学习着。工作,再加学习,人又在最基层,诸多困顿,对曹老,不觉得难以启齿,都会告诉他们。曹老和爱人,招呼着吃饭,让我们参观他们的房子,特别喜欢曹老的爱人,一个温暖家常无比的妇人。

再相遇时,便发生了很多变故。是我。一下子就离开了原来的单位,变成了一个自由人。在外发表了些文章,有些场合,便被当成写字人抓了壮丁。那次的再逢,是在酒桌上。曹老代表文化单位的领导巡回敬酒,我照例是最被动的一个。因为不喝酒,所以养成不语的习惯。远远地,只是举杯致意,微笑招呼,曹老却特地走到我跟前:进城了?两个人这会儿在哪儿?

突然哽了一下,想着怎么告诉他,一边已经有朋友代为回答了,彼时我脱离集体,带学生一副弟子三千的模样了。但在曹老面前,我总有些歉然,总觉得自己的路走偏了。曹老只是肯定地跟我说:好样的。

迈出那样的步子,连父母都不敢告诉的。得了曹老的鼓励,我突然有些哽咽,眼睛微湿,并不立即坐下。曹老关切地问:那先生呢?我继续答着:他还好,向自己想要的方向迈进着。曹老便很欣慰。

之后,再见曹老,多了几分雀跃,还有一种隐隐地期待。想象着,他会一直是我们前行路上最坚定的鼓舞者。事实便是这样的。之后某次,曹老已经退休,他的那个温暖的爱人已经辞世,我也是后来很久才听说的,再遇曹老时,我端着酒杯敬他:谢谢老师一直的知遇之恩……之后,泫然欲泪,再不肯言。曹老,骤然白发,一语不发地端着杯子一饮而尽。

这会儿,我在他身畔,曹老在问:先生最近在做什么?我愿意一一告诉他:在做淘宝。我和他一起。

我知道，我身边的朋友亲人，无人可以理解。距离我们和曹老的相识近二十年了。曹老一定还记得那样意气风发的两个人，大概以为这一生，会交给书法了。曹老倒不惊讶，手头的画完成大半了，朝着我：给取个名？

爱极了那幅画。月亮在白莲花般的云朵里，穿行。梨花，在月下暗自妖娆，欲语还休。两只翩然小鸟，振翅飞过，梨花一阵颤栗，絮语喋喋。有朋友质疑，有月亮，就不该有小鸟呀，有鸟儿，就没有月亮。哪里了，月出惊山鸟的。我在声援曹老。

梨花开放期最乱，一二月，三四月，五六月，七八月，九十月，并不是梨花可以有这么长的花期，梨花本是文人墨客心中的一个意象，只要他们愿意了，拉出来就绽放的。曹老笔下的梨花，又何止于恒北村的四月天？

突然对今天的梨花节有了更多理解。恒北本是小城的一个村落，而小城选择以恒北的梨花，当做对外的一张名片，真正确切不过了。梨花原是百花丛中，最淡泊最简约的一种，不见姹紫嫣红，不闻馥郁芳香，却朵朵落实，假以时日，没一朵不结成果实的。而朴实本分的小城人，更多曹老这样的长者情怀、慈父胸襟。如此看来，以梨花喻小城，正合适。书画完毕，一行人原路返回。曹老携着来时的工具，走在头里，萧萧白发，隐隐绰绰在梨花丛中。路两侧，乐声隐隐，一曲曲，唱的是《梨花醉》。

踏 生

乡里人逢集,逮小猪。万般呵护,到得家来,得有一个人抱进猪圈。这个人,很有讲究。要身高体胖,要嘴泼生肥。然后,由此人站进圈内,抱过小猪。小猪进了圈,开始撒欢,埋头到食槽,猪样年华昂首阔步由此开始。

乡里人生儿,那会儿都在闺房进行。待得三朝,便有左邻右居过来探看。第一个进门的,被唤作踏生。据说,新生儿,会跟这个踏生的,脾气禀性如出一辙,非常灵验。果真灵验,这个第一个出现在新生儿面前的人,便有了讲究。很多家人,便刻意进行了安排。村里但凡德高望重的,常会被请了来踏生。据说,择人不如撞人,即便是请的,还要装成随意遇上的。如此,踏生,便有些像小猪抱进圈。

我生在那个村子里,踏生的是除英大妈妈。大妈妈性情温和,言语甚少,贤淑温良,我由着她来踏生,妈妈暗自开心了一阵。因为妈妈识得两个字，不太在意这些，大妈妈算是撞进来的。大妈妈因为踏生的这个特殊身份，对我，倒是多了份刻意的爱宠与呵护，小时候的多数时间，就全赖在她家了，吃、睡、玩、乐。

之后，我飞离了那个村庄，大妈妈追不上了，还是让女儿摸到我的学校，送来端午粽子。前年有事去老家，大妈妈听说我们来了，一早到河边摸螺螺给我带到城里来。看着湿漉漉的螺螺，望着七十高龄的大妈妈，我倒宁愿秉承了大妈妈骨子里的这份深情挚爱。

生弦儿，是在乡镇。两个人都工作，带着他，真正兵荒马乱。刚分来的同事小季，温婉又细心，只要得空，就会把儿子抱走，好让我们喘口气。锅热了饼就靠，儿子特别粘她，让儿子直接叫小季妈妈。我倒是存了份心，现在生孩子，都是在医院，人来人往的，早就没有了踏生一说。如果那些闲杂人等都不算，儿子的小季妈妈，算不算替他踏生？如果算，倒很欣慰，儿子一路疯长，性格里能有小季妈妈的古道热肠勇于担当真好。

小鼓家儿子牛牛，在老家。正是认生的时段，除了奶奶，谁都难接近。见到我，倒是开心得厉害，张开双臂，跌跌撞撞地扑来，嘴巴大张，发出咔咔咔的大笑声。抱他认花认草认树认小桥，认河水，带他坐到乱石上，用手撩水，让他领略春水流。奶奶抓拍疯狂的两个人，远在他乡的小鼓评论："这张，姑姑是亮点，比牛牛还乐，娃哈哈。"

跟小鼓聊天，你家儿子粘你，粘奶奶，因为血缘。粘我没道理了，小P孩应该不懂他妈妈托付给我的吧？小鼓哈哈大笑："姐姐，你没有觉得，你是个特别生动的人？"

哦。好吧。我的事情，多如一团麻。但我坚持牛牛在大丰的日子，能抽出时间去陪他。又到分别的时刻了，小牛牛居然放声大哭起来。

空间定期更新，常有好友评论，有个客人说，我觉得，你不像

第四辑 月与灯依旧

157

一个单纯的生意人。

我又审视自己了,成天忙成什么样儿的,码字,养花,玩草,陪儿子练字,帮邻居写广告软文,跟快递们周旋,不停地进货去物流拿货,雷打不动地陪护小牛牛,真正用于本职的时间,不算多。小结自己,像个活动家。哈哈,这个帽子扣得够大。

看着那个对我大张手臂的牛牛,我闪念,我算不算给小牛牛踏生的?

觉得,踏生,是想着,能以外人的良好品质影响自己,踏生的人,是不图回报的。如我的除英大妈妈,儿子的小季妈妈。事实上,有意为之了,倒是一种爱的播洒。种下一粒,长出一片的。我的弦儿和小牛牛,长大了也要给别人踏生的。

绑 架

死党丁丁和清，约着一起出游。想都没想，就推掉了。就这个假期了，可以心无旁骛陪儿子练字。平时，他又要上课，又要练字，分身乏术，我们也怕两头不着实，好容易可以在暑假一心一用，我当然不会错过。细想，现在的人生，几乎被孩子绑架了。

那天在电脑面前，呆得太久，出店门时，阳光正晴好，电话那人陪我出去转一圈。可儿子还有半小时就回家了，来不及了。有过很多次出远门的打算，都在临出发前的一刻，放弃了，他说，儿子怎么办？

这个问题，我也想不好。交给姐姐？她自己也有儿子的，两个儿子在一起，只差大闹天宫。交给爸妈，就更不可能了。我妈教育我们都是刀枪并入的，轮到孙子，从来两眼一闭，问她怎么差别这么大的，我妈说：一代管一代，要打要骂也轮不上我。

从前找对象，想得多么美好呀，两人共同的假期，背着包，千山万水走遍,但事实上,生活在一起越久,百无牵绊地出游机会越来越少。他跟我允诺,等儿子高考后,带着你,你说到哪儿就到哪儿。

我怎么不懂。其实也就是一个理想。高考后就是人生的黎明啦?高考后才是他人生的开始,一路还要求学,真正人生是在工作之后,工作还要我们操不完的心,工作后,他终于拿到第一份薪水了,张罗着替妈妈买香水替爸爸买皮带,然后你就着急上火,钱不是这么花的,又得催着他找对象成家立业了。风光的婚礼,如山的债务,堆出他的小家,然后,又开始周而复始的人生,孩子出世了,盼着他过周,盼着他上幼儿园,只要两眼不闭,还要等着孩子小学高中大学,晕,只是这么一说,就够气馁了。

哪独是我?写作的梅子,一路阳光灿烂,文字那叫一个遍地生花,她也是。儿子高考后,第一件事买了新车。儿子倒抽一口气,至于嘛。梅子笑,怎么就不至于?总要等你考后,看你需要的费用多少,才能决定拿出多少钱来买车的。竹姐姐两口子都在报社,儿子去年高考完毕,以为两人的日子,从此赛神仙了。哪知道,绑架久了,松了绑,姿势还在那儿了。两人闲了,想着出去吧,讨论去哪儿,哪个地方都被否决了,突然两人眼睛放光,异口同声:"看儿子去!"

最近跟我的小鼓闹翻了。小妮子要去远方工作。别的不谈,我这里就说不通。我怎么都想不通,宝宝这么小,怎么能走得掉?带大儿子的过程,我历历在目。那时,我就宣称,我是个女人,事业的一半,就是儿子了。小自行车载着他,真是哪个角落都走遍。一片很原始的丛林,带他埋伏在那里,等鸟飞鸟回。趴在泥土上,教他怎么一眼分辨出有蚯蚓的地方。小儿没有成为盖茨,没有成为爱因斯坦,他就是一个普普通通快快乐乐小调皮小纰漏不停的主儿。不妨碍我对他的爱。一坐到那儿,腰杆笔直地写字了,我就成了那个乐颠乐颠的小跟班，埋头折练字纸，不声不响，手机设成静音，任谁找，也排后。

这两天，我却动摇了。我比小鼓大出十四岁。三岁一个代沟，我们之间隔了很多代了。其实，这是观念的碰撞。六六写文，从来因为写实，而引起众人共鸣，《宝贝》电视都播放很久了：夫妻无缘不聚，孩子无债不来。小鼓的年纪，他们是被父母含在嘴里长大的，他们更多的想要松绑了，想要尝试另一种带孩子的方式。事实证明，她也就是一只煮熟的鸭子，只有嘴硬的份了，她的思念和消瘦，尽收眼底。

腾讯读书版，推出一期《中国最忙的人——姥姥的一天》，全程记录姥姥和姥爷给北漂的孩子带宝宝，忙碌真实重复又繁琐的一天。卢姐姐也做姥姥了，自愿幸福快乐地担当起小宝贝的接送任务，现在跟我们团聚，也得排在七月的假期。舫宝成绩出来了，并不如当初热血奔腾时所愿，可怜我妈，怕姐姐夫责怪，买了鸡块买了熟菜，一路骑车送了过去，劝解大人再劝解孩子。妈妈从我家四楼下去的，第一次发现身形高大的她，居然背也弯了。染的发，斑白着。

我跟小鼓说，你就不能再等等，宝大些，会走路了，上幼儿园了，你要的，就能全部拾起。

连我自己都觉得苍白。孩子上了幼儿园呢？弟弟三十二岁了，成家也立业了，因为工作忙还没顾上要孩子，叔叔派出的劝说员，有一个加强连了。

贴 小

徐姐在办公室，多数说的家事。她的父母，生五个子女，四面八方，都很出息了。但是生活得很节俭。老两口子坚持劳作，家前屋后，长满各种蔬菜，每个周五，就把蔬菜一一从田里采摘出来，分成五个口袋，放好。然后爸爸上街，买各种小吃，再买鱼肉，路上街坊扬声招呼：徐爹，今天儿女回家呀？老人家自行车颤巍巍人也颤巍巍，老海门话应着：是咯。

待得孩子到家，招呼他们麻将或是扑克，老两口子一个锅上，一个锅下，忙得不亦乐乎，女儿们要抢着烧火，老人脸都急红了：你们出去，一个都不许在这里！连打下手择菜都不许的。"你们平时上班太辛苦，周末就要放松放松，放心，我跟你爸能行。"

再等周日下午，各自又得奔赴小家，老爸老妈便把吃余下来的、周五就打包好的蔬菜，全数摆放好，老大喜欢排骨，老二说要粉丝的，老三要萝卜干，媳妇喜欢嫩毛豆米，女婿喜欢粘玉米，都有考虑。儿女们特别过意不去，抢着要帮治家私，两个老人，用哪个儿女的钱都心疼，冰箱不许买，空调装了根本舍不得用，扛了个净水器回家，几年了一桶纯净水还没喝完。徐姐特别舍不得老爸老妈，觉得他们过得太清苦。

她的公婆，就是两重天了。徐姐家老公，就是独生子。六零后，独子真是少有。人家还确确实实就是个独子。就这么一个独生儿子，一成家，公婆立马跟他们分家另过。怕徐姐他们小家拮据，婆婆出门，其他地方不锁，碗橱铁定要锁的。徐姐怀孕了，女人这时候都特别嘴馋，两人下班回家，天已经很黑了，黑灯瞎火地摸索着准备做饭，那边公公婆婆已经饭碗端手上了。徐姐那个馋呀，捅捅老公：跟你爸妈说一下，要不，今天我们在他们那边吃？老公想也没想，过去跟婆婆说了声，婆婆忙着收拾碗筷："你们自己做，我们吃完了。"

公公婆婆在他们村里，什么都是第一个有的，穿金戴银吃香的喝辣的。徐姐撇嘴：他们的伙食标准，直奔小康了。徐姐顿了顿，又说："其实，不顾儿女的人，才过得特别潇洒。"

外婆过世很多年了。去姨妈家。小姨三姨陪着说话。小姨恨恨着："那个死大兰，骗着你妈嫁给你爸，那是个什么人家呀？洗脚，都没双换脚的鞋，穿套鞋。"套鞋是那种雨天才穿的鞋，比雨靴短。

"外婆没有办法，只要能抽出时间，就把你们姐妹接过来，到底不至于饿死。"小姨一直记恨大兰骗媒，把我妈介绍给一穷二白的爸爸。

记忆中，生下来就呆在外婆家，成年累月的。"大姨家到底好多了。他们奶奶家到底可以把大姨家的三个孩子负担过去，你们家奶奶，根本指望不上。"

外婆生四个女儿。大姨做老师，后来生过一场大病，服侍的人，可以拿少许贴补，外婆就由着大姨家的婆婆去照顾，把大姨家的孩

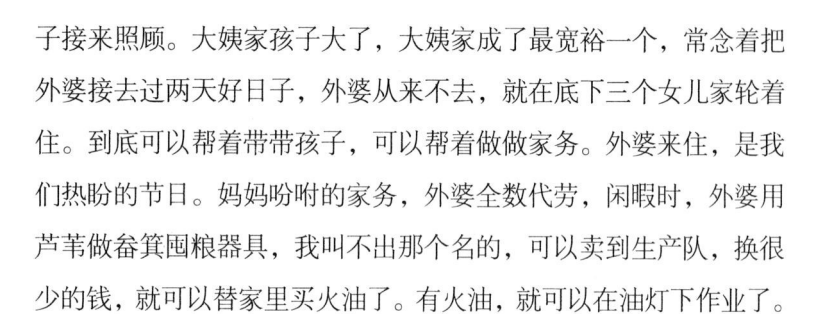

子接来照顾。大姨家孩子大了，大姨家成了最宽裕一个，常念着把外婆接去过两天好日子，外婆从来不去，就在底下三个女儿家轮着住。到底可以帮着带带孩子，可以帮着做做家务。外婆来住，是我们热盼的节日。妈妈吩咐的家务，外婆全数代劳，闲暇时，外婆用芦苇做畚箕囤粮器具，我叫不出那个名的，可以卖到生产队，换很少的钱，就可以替家里买火油了。有火油，就可以在油灯下作业了。

外婆临终前住在三姨家。念念着不肯离世。那时，三姨家二子，刚生下来，还没有会走路说话，外婆在这个时候走，是万万不舍的，她有强烈的使命感，要帮着三姨把二子带大的，可惜病魔夺走了外婆。

转眼间，大姨已经慈祥成外婆的年纪了。姐妹四个里，大姨长得最像外婆。贴小的行为更是如出一辙。大姨老两口退休工资特别高，钱多了自己不花，又不想让晚辈觉得可以不劳而获，设成最听话女婿奖，最乖女儿奖，还给外孙外孙女设成奖学金。偷乐。我们都是有福的人。我妈是比较夸张的那一个。我们买房，她付大半。生孩子时，进产房，手术费二千六，我妈出两千，完了我公费医疗报了近两千，合着我生儿子还赚了钱。一路都这样，机动车，六千元就有四千是妈妈掏的。当时买个25寸的画中画彩电，刚出来的，潮得不行，老爸一激动，甩手就给了三千元。这些年，我们已经长得够大，再不肯要她们的钱了，还不行，去医院陪老爸，我们请爸吃的早饭，我妈都折合成人民币贴了过来。

贴小，其实是相对啃老这一现象的提法。啃老，多少带着几份无奈还有着几份伸手向上的厚颜。贴小，则满满的是全心全意俯身贴首的心甘情愿。

小婶一早六点多就电话我，送了长的玉米棒，菜椒，马铃薯……告诉我夜里四点就起来到田里摸着撕玉米了，一夜暴雨，玉米倒伏一地,脚都没地方站。小婶坐在我电脑旁玩了半天,留着中饭,再三不肯。悄悄塞她零用钱,她着急,给钱不会自己去买?

小婶这就不懂了,有钱可以买到玉米买到蔬菜,能买到她这颗贴小的心?

中药拌面

一早,外婆就说,今天吃面条。我和姐姐,欢呼起来。

记不得什么情形下才会有面条吃,应该是到人家吃寿面时吧?

一桌的人,各自一个海碗,中央仅一个碗,碗里熟猪油,挖一勺子,放进面条里,筷子几下翻搅,一阵浓香扑来,猪油化开了,各自开吃起来,但闻面条呼啦吸溜声,多数顾不上说话。吃到快见底时,冷不防后面来了一人,稳稳地往碗里扣上整整一碗新的,被添面的人,惊得起身,连呼使不得,添面成功的,面带得色,胜利的得色。那时,吃饱是件奢侈的事,做客,更不能不顾面皮地海吃海喝,主人也这么过来的,一般都有家中亲人五六人不等,逡巡在饭桌间,看哪个客人就快吃完,"啪"一碗新的,不由分说就装进去了。添面或是添饭,又是一道风景了,这篇小文就不说它了。今天说,吃面条。

外婆找一个酒瓶,洗干净。一钵白面,和上水,变成大的面团,几下揉捏，有些筋骨了。在小桌上撒上些许面粉，面团放在面粉上，酒瓶在面团上滚动，面团被压扁，外婆手上力道越来越大，面团越滚越大，越滚越薄。薄而不破，外婆的额上有细碎的汗珠出来，外婆侧过头，抬起胳膊，在面颊上蹭了几下，继续埋头，擀得差不多了，刚才的面团，已经成了一个硕大无朋的圆，那是跌落人间的满月，收获着我们连连的惊叹和无比的膜拜。围在小桌旁，伸出手指，轻轻按它一下，外婆惊得止住我们，拿出切板，月亮被外婆切成宽度相当的阔条，阔条被上下叠加，挨挨挤挤地被外婆切成了小条条。那就是面条了，堆得多了，怕粘在一起，不时地撒上面粉。我们早早洗净了手，自告奋勇地要求帮忙，外婆点头应允。我和姐姐抢着爬上条凳。条凳跪上两个人，显然嫌挤，我比姐姐小三岁，不妨碍我比她凶，只轻轻一磕，姐姐就被挤下了凳子。姐姐也不恼，站着来。一大一小两只手，抓过面粉，朝面条上撒，撒得多了，外婆就会停下手里的活，喝止我们。

可以下锅了。我和姐姐抢着去烧火，炉火映得我们小脸通红，汗往下直流，并不嫌热，大把添柴，犹嫌不够，坏蒲扇叭叭乱扇一气。不一会儿锅里水就咕咕滚动，外婆大声叫停，我们改成了细火，我和姐姐站起身，够着头望向锅里，腾起的热浪让我们什么都看不清，面条下了锅，锅里一下子安静了下来，外婆的脸，成了满月。

面条被端上了桌子，我和姐姐各一碗。外婆叮嘱好，匆匆去了屋后。我和姐姐，端着面条，舌头伸着，太烫，无从下口。我们俩小眼滴溜溜转，高高的灶台上，还有一个碗，黑乎乎的，我跟姐姐挤眼，拿来倒上？

一定是我们最爱的酱油！姐姐爬到凳子上，颤巍巍地端下来，我头伸得海长，监视外婆有可能的到来。终于端下来了，姐姐均匀地把酱油分倒到两个面碗里，姐姐兴奋地招呼我赶紧坐下来吃，我和姐姐坐在小矮凳，各端一个碗，筷子搅起大大的一团，往嘴里狠狠地塞进，哇，还没全塞进，我就吐了出来，哇哇大哭，好容易盼来的面条，苦得不能入口。

外婆进屋了，急急着到灶上端自己的药喝，连碗都不见了，看我们两个苦着的脸，又看到黑乎乎的面条，这下，全明白了。面粉太金贵，亲爱的外婆大人，只做了够我们姐妹俩吃的，连她自己的都没舍得捎上。这下，锅里一滴不剩，我们又将她的中药倒进了面碗。外婆舍不得中药浪费，更舍不得面条倒掉，外婆一边心疼地吃着面条，一边数落我们："就不能等外婆回来问一下再倒？外婆有酱油会舍不得给你们两个小东西吃？"

最可怜的是我们俩，看着外婆，吃完一碗，再吃一碗，口水咽得山响，愣是吃不到一口。那段时日，如在草上飞。纵是缺衣少食，那颗心总格外轻盈，时时飞。

八十岁,还要能笑

五叔过来送梨。满满一袋,我正为难,怎么上三楼?五叔往肩上一扛,跟在我身后。

五叔送梨是一事,还有一事,让我帮着填表格。

五叔排行老五,爸爸是老二。小的时候,五叔最宠我,因为他在外面做事,总能带回漂亮的本子。原本就是带给我的,偏偏要变出多少花样,让我要得无比艰难。要考到第一名,要能拿到奖状,我一路拼命读书,多半是为了骗五叔口袋里的漂亮本本。

五叔拿出一个无纺布袋子,里面林林总总放着他的一些证件。五叔拿出身份证,又拿出一个表格。

我难过得说不出来话。这个表格我填得困难无比。我从小村里走出来,我识得了不少的字,我的五叔,一路用漂亮本子引诱我一路上学,满腹诗书用它来填了这张表。

是张困难户补助表。五叔年轻时在砖瓦厂,早年还比较红火,有一天说不行就不行了。下岗后的五叔，身无长技，四下打工，又没有田地，日子一天不如一天，去年又跌断了腿，治好之后还有些不便。我用少有的认真，帮五叔填好了表格，困难原因那一列，我顿了一下，没有用很煽情地文字，想着去打动人，只是真的心疼，我的五叔怎么就过到这一步？

舟叔电话在催了，让吃晚饭。五叔匆匆离去，我赶到饭店。平时在那个饭店前面走来走去的，外表很普通。踏进去，很奢华。人不多，五六人，熟悉的有家乡网站的一言和助手，还有我写文的两个叔叔。

菜陆续上来，还有烟酒。一言叹：太奢华了，小聚，普通平常些就好了。舟叔吐着烟圈在说：朋友聚会，环境要好。

我默然。眼前满是我的五叔。微胖的身躯，花白的发。五叔比这两个叔叔年纪还要小，可是五叔显老得多。舟叔和国叔儿子都在苏城落了户，自己跟去带孙子，家在天堂日子也在天堂，五叔是他们的同龄人，要说家底薄，我爸也走出来了呀，爸爸和舟叔国叔不能相比，但也比五叔日子强多了呀。那是没有文化读书少的缘故？爸爸也只是小学毕业，这个世上，过得花团锦簇的，不识字的多去了。是找的老婆有问题？我妈，跟五婶是两种人，我妈从农场到我家，骑着自行车，送蔬菜送瓜果，回家的路上，能把一路上的饮料瓶全部拾回家，一路拾下来，老妈乐坏了，骑车不花路费，捡瓶子还挣钱。五婶长得漂亮，性格也弱，叫我们都是一口一口地毛丫头。就是过日子比较闲散，年轻时，颇爱打牌，儿子稍长，一路闯祸不迭，才紧着做活，可是也做不了什么活。五叔家日子过成这样，跟内助出故障有关。但，再回头想，五叔这样的人品和家境，当初找五婶，还是踮了脚的。

那问题出在哪里？

觉得区别是在年轻时。从小一看到老一半。指的就是奋斗在前享乐在后。还拿三个叔叔作比。舟叔再从前，我不太了解，只知道，他的父亲是供销社老主任，舟叔最初工作时，自然父亲可以伸手相帮，而他自己一支铁笔横扫小城才情不凡。国叔父亲是个大队支书，叔叔自己做过生产队队长，恢复高考后一路读书离开自己的村庄，做过教师，直到后来进了公务员队伍，饭桌上常常是他谈锋最健，诗词曲赋张口即来，早年的勤奋与博学，可见一斑。五叔那时家贫，早早辍学。进得砖瓦厂，自己虽然很奋进，可是企业都没了，他们又能去哪里？舟叔和国叔出口成章时，我就知道，我的五叔早输了。其实并不是说读书就能改变命运，比如我的老爸，钻营的就是混世学问，倒买倒卖时多半也是脑袋提在手上的，五叔年轻时爱唱歌，喇叭裤能扫地，年轻时也快乐风光过一阵，后来就一路下坡。这其中当然跟国运家运有关，最关键的还是他本人没能在漩涡中挣扎出来。

看书。忘了原文是什么了，大致意思是说，我今天的拼命努力，只是为了八十岁之后还能保持微笑。

弟弟在QQ上跟我说话：姐，你也是放不开。手头的事放一放，带弦儿来住几天。哎，现在的孩子也苦，都要走大人安排的生活，大把的青春就放在了无趣的书本里。朝弟弟笑。弟弟家儿子才屁大的小人儿，弟弟还没到这一步呢。我也想啊，带着儿子满世界飞。只是高考就在眼前，我在中国的土壤上，我就要迎合咱们的高考制度。我每时每刻都在跟儿子鼓劲：你现在多拼一份力，长大后就能拼一份将来。少年时，可以美梦成真，中年时，可以锦衣玉食。晚年时，可以一路微笑。

我其实是个劳碌的人，风车一般地转着。这是我选择的生活。八十岁，我能想到的情形，就是，彻底老了，发白了，牙松了，腰哈了，腿迈不动了，电脑上敲字，也得慢慢地一个一个地来了。但是吃的穿的用的玩的，一样不会少。那么，什么来保证？天上不掉，地上不冒。只有年少拼来，藏着掖着，老来可依。

这么一说，所有的操劳与苦累，都有了注解。我从不羡慕摇扇乘凉的人，人生苦短，最多不多八十年。前四十年奋力拼搏，后四十年基本上可以躺在前四十年的成果上小憩了。五叔，年少时颇蹉跎，老来就得比别人苦几倍。这碗水，上帝一直端得平平的。

当时只给五婶捎了牛奶，现在很是后悔，没塞些零钱给五叔，到底可以应些急。

寻找一只癫痫的狗

小弟陪我办事,他开的车。晚上的商业街,车满为患。车子徐徐而前。前面一个中年男子,急急地撑下自己的电动车。又快速地到了路的这一边。我和小弟看着男子,在我们车前忙碌奔跑。一会儿,我们就明白了,男子到路对面,是为我们清除路障的,帮我们把横亘在路中央的电动车搬开了。小弟感叹,好久没遇到这样的好心人了。

常在清晨去公园玩。多数是些老人,或者放风筝,或者慢跑,或者溜小鸟。那个老人,什么也没做,躺在路边的木椅上。起初,我以为她走累了,或者就是歇一会儿。可是看了好久,她一动也不动。我用手指在她眼前晃动,奶奶,没事吧?奶奶笑了:我没事。我就躺一会儿。我提议她:一早躺在这儿,容易着凉,要是哪里不舒服,帮您电话家人?奶奶还是躺着:嗯。我没事。就躺会儿。我坐在她不远的地方,看着她。她闭着眼,似乎不愿意说话。过了很久,才见她慢慢起身,坐了片刻,冲我笑了一下,慢慢地起身往大门口走去了。

带小胖到楼下玩。一枚仙人掌,还有根呢,落在墙角。估计是楼上哪户人家间苗,嫌长得太密,拔下扔掉的。一个男人载着小女孩到家了。仙人掌刚好在他家车库前。小胖正是认人的时候,见谁都热情。在小姐姐肚子上拍拍,对男人,敬而远之。我鼓励他叫小女孩姐姐,叫男人叔叔。叔叔跟小姐姐说:咱把它给栽上?姐姐忙着拾起仙人掌。转到车库的东面,有沙子呢。叔叔把沙子堆起来,仙人掌插了进去。小胖子起劲地跟在后面,颠儿颠地,爬上又爬下。估计他长得再大,都能记起这一幕,都会替仙人掌庆幸。

小区入口处,张贴着一张寻狗启事。旧的吹烂了,新的又贴上。这么执着,忍不住凑上前去看热闹。是狗的主人贴的。大致意思我搞懂了,主人的一只狗,走丢了。狗丢了,本来够着急的了,偏偏她的狗,是一只癫痫的狗。我用的是她,猜想一定是一位心细如发兰心蕙质的女主人。主人急急地描述,狗的外形,很多笔墨都在写她的狗,癫痫病很严重,需要每天都喂药。主人怕久不归家,病情严重,在启事上,把小狗服的药都列了出来。爱一只漂亮聪颖的狗,我能理解。一只癫痫的狗,弃之唯恐不远,这么着急上心,唏嘘不已。

一早骑车看小姨,一路风景宜人,一批装束严整的工人,用长长的钩刀,把柳树披头散发的多余枝条割去。小姨住在郊区,往她家的路上,都已经点点滴滴规划得如城区一样漂亮了。这样的清晨,时时处处可以看到除草或者修整草坪的工人。我记下的这些,其实和他们从事的是同一个工种,为这个世界栽种一株蓝莲花,清澈高远永不凋零。

带着龟龟看小姨

小姨小中风，去做康复治疗。

周遭一片愁云惨雾。左边，是个爷爷，卧床不起，骨瘦如柴。右边，是个爷爷，骨瘦如柴，卧床不起。小姨还没怎么的，眼泪鼻涕一把的，天就全塌下来了。

去看她。捧一盆我的绿萝。绿萝经过一个夏天的猛长，枝繁叶茂。配一个红盆。大红配大绿，那是小姨喜欢的热闹。然后，从水中把小龟龟捞起来，放在包包里，吆喝着：看小姨去了！老公乐：你自己闲得没事，小姨没空伺候你的宝。

天气真给力，飘着丝丝小雨，绿萝经由雨丝的装点，越发神清气爽。一路上，人人问，这盆花买了多少钱？

"自己长的！"得瑟死了。

小姨正睡着。小姨家媳妇春兰，三姨家媳妇爱芹，守在一边。两个家伙正干坐着，看我来了，赶紧叫醒小姨。小姨睁眼就看到花，其实，女人不管到什么年纪，从事着什么样的职业，那份浪漫总在的。上次的百合，枯了，烂了，小姨舍不得扔，出院回家把外面的包装纸完好地带回家了。人人怪我无聊，只有我最懂女人心。我从包包里掏出龟龟，这下轮到两个弟妹欢呼了。

"龟龟，爬一个给小姨看看。"爱芹纠正我："不对，姐姐，是爬给小姨奶奶看。""好吧。咱们表演一个给小姨奶奶看。"

小龟龟放在网兜里，两只齐步走，很快就爬到小姨腋下了。我怕它们顺竿子爬到小姨心口，赶紧给它们掉头。这下它们不配合了，各分东西。我急了："这两个人，方向不一致，不得向前了"。爱芹又来纠正我："姐姐，是两个龟。"

哦。好吧。我给它们重新调整方向，两人又能齐步向前了。小姨哈哈大笑。右边的爷爷急了："看看瓶子里的水，空了！"爷爷怕我们玩忘了，我们赶紧看盐水瓶，朝着爷爷乐："多着呢，没有空！"陪护爷爷的奶奶也大笑。

左边床上，陪护爷爷的是两个大男人，看我们三个小女人玩得开心，再也忍不住了，哈哈大笑。两只龟龟，一个特别凶。翻滚腾挪，一点不费劲，另一个要文雅得多。春兰问："姐姐，你说，是不是一男一女？"爱芹撇嘴："才不是。两只都没有小JJ的。"

我乐坏了。买的时候，倒是叮嘱要一公一母的，只是我也不会分辨，随人家挑了两个。告诉爱芹和春兰："带它们两人来看小姨，我给他们都洗了澡的，还准备剪指甲的。"

爱芹纠正："是两个龟。"春兰制止："指甲不能剪，剪了不好爬的。"

我亲爱的小姨，躺在那里挂水，再也憋不住，哈哈大笑，连声嚷着要坐起身来。我和龟龟的任务完成了。我把它们收进包包，我携龟龟跟大家再见："跟小姨奶奶88，跟两个舅妈88，跟爷爷奶奶88，跟爷爷、还有两个叔叔88。"病房里的人一个不落。

爱芹嘱龟龟："哦！跟姑姑回家罗！"我带着龟龟在一室哄笑声中飞步离去。

千年韭花

喜欢杨凝式的《韭花帖》。

看杨凝式的简介。出身名门望族,祖父、父亲全是大干部。轮到他时,自是从小家教甚好,饱读诗书。只是生在乱世,父亲官儿当得不稳,一路颠沛。小杨直言不讳,跟父亲指出,如果一直这么东风东倒,西风西随,会愧对后人。老杨一听,吓得连连止住小杨:你这么说,不是给家人带来杀身之祸?

小杨细想之下,一身冷汗。遂疯了。这么一疯,他尝到了好处。自此可以躲在疯的外壳之下,做尽自己爱做的事。爱做的,无非是写字。做事的人,但凡入迷了痴恋了,就会有些跟常人不太一样。古代很多文人墨客,才高八斗,却玩不转生活。事实上,开门七件事,难倒了多少英雄汉。杨自称杨风子,杨风子虽然对外宣称疯了,但朝廷没有放弃对他的争取,一路在仕途上,出出进进。只是杨风子岂肯受其束缚?竟至入不敷出,三餐无着。看看《韭花帖》的内容,就知道了。

韭花帖大致说:午睡醒了,饥肠辘辘着呢,友人送来韭花,真正雪中送炭呀。急急挑了一筷子吃将起来,哎,世上美味,莫过于此了。

读出无尽的心酸来。杨风子,才可盖世了。放在今朝,就他那手字,随手涂两个,几百万,上千万,只要他老人家肯写,买的人都排队的。区区一盘韭菜,就放倒了堂堂杨风子。可见才子当时窘迫的程度。杨风子不善经营生活,是肯定的。当时已经穷得叮当响了,友人送他几匹布,他手一挥,送给寺庙里的僧人做袜子。他就不知道,他的家人,很需要这些救急。才子不会过日子,由此可以看出来了。

读出无尽的温暖来。邻里朋友,敢拿韭菜相赠,可见他们之间相熟的程度。早年我们住在一排小平房里,那才叫一个开心。和邻居大姐家,两家并一家。大姐会种丝瓜子。长长暑假,每天下午,两家早早搬出桌子,六个人围坐一起,天天吃丝瓜炒黄豆米,时隔多年,每每想起,仍然齿颊留香。这个友人,非比寻常,一挠尽是杨风子的痒处,一介书生,泼墨挥毫不在话下,一日三餐却不得周全的。这样的馈赠,真正懂我。

读出无尽的感慨来。杨风子,笔迹豪放,综艺不群,落拓不羁,天马行空却被生活生生绊住了脚。如此呼风唤雨的人物,却又心细如发,不过是盘韭菜,就让杨才子心生无限柔情。纵然只是一盘韭菜,杨也深深感念。杨写字习惯,很有意思。不喜欢在纸帛上书写,最爱在墙壁上写字。杨的字,在当时就已经很是出名了。众僧人知道他的癖好,算好他出行日期,把墙壁刷得粉白。杨风子果然上当,但见白墙,必定挥毫。僧人掩口偷笑。这下得庆幸了。友人送来韭菜,幸好在他自己家里。估计他因为这个雅好,他家的墙上再也插不进一个字了。所以才有了这个流传千年的《韭花帖》。因为没墙写，才在绢纸上写了。因为在绢纸上写了，才保存了下来。

杨的感恩，于我们都是一堂不折不扣的课。现在人送礼，亲人间，朋友间，同事间，上下属间，托人办事间，求人有事间，人人攀比，越送越多。送的人心肉疼无比，收的人，兀嫌不够。再多的钞，再多的卡，眼皮不掀，爱理不理，像杨这般，为一盘韭花诚惶诚恐的，真正少见。独独从这个书写内容来看，杨都绝非凡人。而作为一个大书法家，他的书写内容，却是如此平实可亲，这也给我们诸多启示。我常写文，文常挨批，说是小女人情调，格调不高，就不能来个黄钟大吕气象万千的？这下找到知音了。才如杨风子，一个大男人，人家记录的千古名帖，不过就是盘韭花，我一个小女人家，行文哪里必定气吞万里如虎？

韭花，就是韭菜花。在我们苏北小城，最多的吃法，就是韭菜炒蛋、韭菜烧蚕豆瓣汤。韭花，我们这里叫做韭菜苔。白色花苞，将开未开之际，最是粉嫩，掐下来，清炒便是了。日子越过越好，再有客人来，韭菜竟再也上不得桌子了。不过，恰好来的，如杨风子一样的真朋友，一定，一定要来盘韭花。千年的韭花。

满手秋风花间住

秋天的荷兰花海,是个成熟雅致的少妇了。松松绾着个髻,鬓边斜插一朵小雏菊,水漾般的目光,娇羞地投来,只一眼,来人便迷醉在那汪海里。

|

卢姐姐从南京特地赶回来。卢姐姐二线之后,重拾文字,勤奋加阅历丰富,已经写下三本书了。卢姐姐的写作,带有她那个时代的明显印迹,人物多数高大正面。为她写过两次书评,那是她一厢情愿的好人理想。我很赞成一句话,一个人总活在阳光里,就不要把她拉到阴山背后,逼着她看丑陋粗俗的一面,或者非让她把人性丑恶的一面给压榨出来,那个不一定是好事。

今天约着逛花海,卢姐姐六旬的年纪,烂漫成二八少女。黑色呢上衣，暗绿格子裤子，脖间飞着我的挪威金曲。是条丝巾。很有趣，我总想着，把音乐的元素，揉进丝巾时，让它们在脖间高歌。可以听到它的吟唱。

卢姐姐相机一路在拍，每个花种，每种花的介绍。喜欢那个香水百合。鲜花店，十元一朵。近来有没涨价，不知行情了。花海果真大手笔，丛丛簇簇，粉色镶上素白，还有纯白大朵的。

这个季节，矮牵牛成了主打。花大，颜色艳，花期长，可以铺排在地，可以高悬头顶。铺排在地的，那是村里的小芳，生得好看又大方。上了盆的，挂到彩虹桥上，下面佐以粉色气球，那是进了城的小丫。探头探脑，一切都好奇着呢。换上了新衣，仍脱不去从前的质朴和稚气。卢姐姐很可爱，一路跑着一路记，每个来的人，都有文字任务的，她怕一不小心，忘了名。那会好比歌唱演员，正引吭高歌时突然忘了词。喜欢她可爱的较真劲儿，安慰她，放心，我帮您记着呢。到时什么拿不准了，问我就行了。

突然就在心里咯噔了一下。这个宠溺的口气。尽管卢姐姐一直抗议我应该叫她小姨什么的，从来只喜欢把她往年轻里叫，只是此时的语气已是全然把她当成了要呵护的家人了。风花雪月的诗句里我们都在年年成长，现在不担心会变老，不担心时光流转了。陌路成至交，好友成家人，还有什么比这个更好？

2

领队的变成了小华美女。韦大人功成身退了。小华美女之前有过接触。个人经历相当励志。当年是一个老师，后来考了公务员，初识时，才是一个美娇娘。带女儿学书法学英语，贤良温柔。几日不见，接过文联这个岗了，风中小荷，已然亭亭。卷发，白色的上衣，谦和的笑。看着她，有些恍然。

很喜欢，人生会有这样的馈赠。隔几日不见，听说的友人，或者乔迁，或者高升，或者换了心仪的工作，或者得了如花的美眷，让我们在叹时光匆匆的同时，还有理由坚信，明天会更好，一天会比一天好。

3

其实我的目光，很想掠过我的张姐姐。认识张姐姐20多年了。姐姐一头长发，及膝。盘着，复盘着。女人留很长的发，多半是因为内心有一份坚守。那是她心里的一湾泉，经年累月淙淙流淌，无关风月无关潮流，那是她私己的快乐。

早些年，姐姐一直有很好出去工作的机会，可是她有瘫痪在床的婆母。那是她放不下走不远的理由。婆母多年在床，张姐姐去哪儿都要先把她安排到位。那是和她没有一丝血缘关系的女人，但是多年婆媳成母女，她是她深到骨髓的牵挂。终于，那个她渐走渐远，而我的张姐姐也渡过了自己最好的韶华。长发便是明证，也有白发了。

从前的张姐姐，是李清照早年的词，兴尽晚回舟，误入藕花深处。有的是年少的娇俏和顽皮。这个时候，已是松风鹤骨一妇人了。一路上，事无巨细地安排打点。张姐姐并不写文，常年替他人做嫁衣裳，工作性质的原因，薪酬甚少，很是心疼她。书画家们在花海避风的角落，泼墨挥毫，姐姐在一边拾掇整理。我们三五一堆，住到花丛掩映的小屋里吃西点，快吃完时，才见姐姐匆匆进来。拉着她一起，终因进度不一，姐姐婉拒了。

掠过，是因为不忍。还是希望对她有个交代，一个花好月圆的晚年。而我的兰美女似乎在走姐姐这条路，我更忧戚。

4

兰美女，不用讳言，虽然我们写文的环肥燕瘦各有千秋，她的貌美还是公认的。早几年，埋头在家写稿，很是吃了番苦头，终得出头。

我的博客里，有个叫简约的好友。初时没有留意，博文每有更新，溜去看看，很少评论。生活是自己的，他人，莫不是旁观。后来她告别博客，才引起我的注意。又一个死在文学路上的人。简约一直勤勉，以为文字要比白菜高贵得多。可是当她几年投身写稿事业里，悲哀地发现，文字的价钱跟白菜同等，遇上白菜紧俏涨价时，文字还不如白菜。简约关了博。从此只拍小花小草围巾丝巾旗袍还有中年的老公拔节的儿子。原来，文字之外的生活，还会如此多娇。

很多时候，文字便成了谋求饭碗时的敲门砖。更多时候，门敲下来了，砖头忘记放哪儿了。兰的文字，我看得很多。看她一路走来，磕磕绊绊很不容易，她比别人飞得吃力也飞得尽心尽力。她的文字，乡土里夹杂着丝丝甜蜜，是母亲手工缝制的松紧口鞋，你走千里，都不会忘记的美好与妥帖。开始还会有很多不当的地方，像一锅饭，里面会夹有砂浆，渐渐地，羽毛渐丰，这个时候的文，已经很成熟了。再要找那样的砂浆，竟是不容易了。

兰美女背着个相机对着花草拍来拍去。跳离她的镜头。文字刚走顺一点，谋了个新职，全新的新闻领域，还要拍劳什子照。就那个拍照水平，我离她越远越好。跟她玩笑多了，又生心酸，这把年纪，本该是坐在从前的积淀上，啃老本的时候了，她却还要从头做起。所以，很多时候，我是她的回收站。但凡有不快的，三言两语都能替她化解了,她比较好哄,很容易知足,很容易填满。

　　四下找人帮她拍照的美女,好容易归了位,兴奋着呢:今天在花海里好好火了一把。嗯。还是喜欢看着她开心快乐。文字与生活那样沉重的话题,交给时间吧。

5

　　姚姐姐比我们沉醉得多。站在波斯菊丛中。见多了盆中瘦弱单薄的波斯菊,那是单眼皮的瘦弱小女子,一阵风吹来,禁不住要低着头弯腰咳嗽半天的。被放养到无垠的花海里,变身为散学的小顽童,一路奔跑一路格格笑着涌向前方。

　　姚姐姐也谈家事,女儿工作了,省城里一切都好,就是有老鼠不好。命令出差的老公,绕道女儿那里,看女儿也看老鼠。姐姐说最近很忙,一直在外面吃工作餐。老公三餐无着落。我插嘴问着:姐姐给老公喂什么了?姐姐笑:有面条,冰箱里还有些肉丝,炒了做盖浇。我乐了,姐姐嫁的是市长大人,也就她敢虐待人家了。姐姐站在花丛中,波斯菊玫红、浅紫、乳白、明黄,彩蝶上下翻飞,姐姐是最惹眼的那朵。

6

　　四季的荷兰花海,是我们满心满意的新嫁娘,八抬大轿三媒六证明媒正娶巴心巴肺抬进门的新嫁娘。隔三差五在这儿举行的活动,让花海成一池湖水,时时有轻舟荡漾其间。用文字记载这次活动,我们都是花海里的一朵。喜欢花海的日后,更多一些文化的底蕴,这样,她会像一个饱读诗书美女子,岁月染白她的发还会焕发出点点墨香，那是另一种令人心动的美。别人夺不走的美。

满手秋风花里住。多少有些惆怅，我们的人生，或许正有寒瑟秋风吹过，可是，我们迎秋风而立，秋风自指间溜走，还会有繁花留住，看满花海的百日菊、香水百合、康乃馨、串串红，我们就是摇曳其间的香石竹。

山芋熬粥

　　山芋做法很多。新刨的山芋，大的，部分切山芋干，部分留着窖藏。小的，残破的，用大竹篮到河边洗净，倒进硕大的锅里，用文火烧熟。锅壁的，被烤出锅巴，香味溢出来，整个村庄都是甜甜暖暖的山芋香。饿了一夏的孩子，人人捧着山芋跳皮筋，一五一，一六一九二十一……这个时刻，童谣里都是吃饱的满足与快乐。

　　有趣的做法，是拿两个山芋，戳进火叉的两个角上。都是土灶，柴火放进灶塘，需要有东西推进，就是火叉了。手巧的农人在顶端弄出枝丫的造型，两个角上就常年可以戳些小吃物，烧锅的同时，吃物就也熟了。烤得最多的就是山芋了。要烧得很久，山芋才能完全烤熟。我性子急，并不能等得，姐姐脾气好，央她坐在炉火前慢慢等待，我飞出去疯玩会儿，也玩不定当，惦记我的山芋有没熟。只等熟了，那份甜香便超过了所有。等不及和姐姐谦让，来不及地往嘴里送,手上嘴上到处都黑了,花着张脸朝姐姐傻乐。

山芋干也好吃。生吃不怎么好嚼,煮熟了甜里面粉粉的。最有心的是老爸做的山芋汤,山芋切成了小方丁,放适量水和盐,熟透了上面撒些大蒜末,那还是山芋么!呆呆地打量着,愣是下不了口,吃完了还盯着老爸问:爸,你啥时再回家?

我比任何一个孩子都懂思念和牵挂,老爸比较清醒:想山芋汤了吧?

现在的条件好了,可以吃的东西很多了,再没人肯花很多心思在它的做法上了。我喜欢上了山芋熬粥。

外公心思奇巧,种的山芋都大过头颅的。外公英年早逝,我妈得他真传,种山芋最拿手。几年前进城了,山芋只有三姨提供了。三姨家二子常年替我收拾垃圾房,姐,要带什么?从不知道客气,脆声答着,带山芋!

过去的蛇年不太平,姐夫被人家车撞了,大修月余,出院送了回家。某天傍晚电话我,说姐姐不舒服,让我带去医院。接到电话我声音都变了,凌乱不堪中赶到姐姐身边。姐姐深埋在被窝里,知道我来了,醒了过来,是操劳过度又连日加班了。放下心来,摸到桌子下一个大山芋,切好放了半锅水,熬了满满一锅山芋粥,端给姐姐,再端给姐夫。自己也盛了一碗,坐他们床前喝起来。姐姐几碗进了肚,恢复了神气,想着我家里又忙店里又忙,催我快回家去。

陪儿子练字,火气全数褪尽了。近日小儿感冒再加腹泻,鼻塞昏睡,我早早起来,熬一锅山芋粥,哄得他三两碗喝进肚子,顿觉神清气爽,不大会儿又能端坐案前笔舞龙蛇了。

谁的普通话，这么不好听呀

我的普通话，基本可以达到相对专业的水平。当年普通话考试时，96.8，少有的高分。据说央视赵老师97多一点点。后来做淘宝了，中差评都可以在沟通之后尽数消失，朋友表扬我：肯定和我的普通话分不开，声音也好听，吴侬软语甜而微润的。

可是最近不长的日子，我已经连续两次被批了。

年前从徐州站返家。我性格其实比较man，出再远的门也就随身的包包，跳上车就走的，缺啥就近买。临上车了，都要把包瘦身一圈，最怕大包小包拖泥带水。

常常宅在家里，春运的盛况只在电视新闻里有过隔岸观火。还有三天就大年了。我刚踏进车厢，热浪就迎面袭来，眼睛所到之处，满是站着的人，倒着的行李。人也罢了，带那么多东西干什么嘛，车门口堵得满满的人，我一边试着往里摸索，一边埋怨："真是，都带那么多东西做什么的呀？"没人有我洒脱了，斜背着一个空空的包，两手插在兜里。"谁的普通话呀，这么不好听！"

堵在车门口开水供应处的男人，一边往杯子里放热水，一边铿锵地说着。

我乐了。这话找补的。

座位居然在这节车厢的最里面，好容易从行李堆里挣扎到了自己的座位上，汗都出来了。火车是从甘肃开往泰州的，到了徐州境内，车厢里满满的基本都是江苏人了，暖暖乡音，一车的人，不似路人，倒像是家人。

对面小姑娘，娘家是甘肃的，工作在上海，夫家在泰州。这次弟弟结婚，回娘家小住，过年回夫家，妈妈什么都要打点着往婆婆家带。小姑娘揉揉睡眼："我们老家苹果真好吃，水分特别足。带了两箱回家分。再要拿其他的，就带不起来了。"姑娘的两个巨箱，就横在我来的路上。"没办法，塞不进底座。"姑娘无比歉意。

斜对面的三口之家，宝宝才二十五个月，跟爸妈已经奔波了二十二小时了。小人儿家当多呀，奶瓶水瓶背包小尿壶，跳跳龙，坐了这么久，小人早就不耐烦了，妈妈掏出硕大的零食袋，小人儿还不依，咿咿呀呀在抗议。幸好对面有个七八岁的大哥哥，也有一个硕大无朋的零食袋，两人相互交换着挑，这才安定下来。光这两孩子，行李就有一堆了。

对面大哥建湖站下，开始整理自己的行李。大哥在甘肃工作二十多年了，家人还在建湖，常年客居在外，两地都当成家了。一箱子石榴，一箱子橙子。一大包是换洗衣物，火车上时间长，洗漱用品都带全了。再一个大口袋惊到我了。是各种树苗。大哥信心满满的："我移回家的核桃，已经挂果了，基本和甘肃那边一样大。这次带了石榴苗、葡萄苗。自己家一些，亲友们分一些"。还有一个拉杆箱："是十条香烟。可贵了，本地没得卖，春节了，送亲朋好友们开开心。"

我终于知道自己，不只是欠骂，实在有些欠扁了。

回家便是太平盛世。吃饭照旧开着电视。正放着矮人部落。

报导的是外国的侏儒症患者。其实不光是外国，国内的患者日子也好不到哪里去。记者跟踪拍摄一位矮人平时的家庭生活。看到他们活得比常人努力，却常常过得不如常人，很难过。"其实这些人应该不要恋爱，结婚生子，让悲剧终止在自己这一辈。"我发表感言。

儿子看了我一眼："这是谁的普通话呀，这么不好听！"

"我妈特别像希特勒，他觉得那些人活在世上是遭罪，就把那些人全数杀光！"儿子又看了我一眼："你不是他，就没有权利剥夺他们的快乐和幸福。"

无地自容。我曾经以为自己多少读了点书，还算个有良知的人。这次真的错了。

第五辑

兴尽晚归舟

心中有旋律,锄草亦舞蹈的。不管我从事着怎样的工作,不管我在怎样喧嚣的尘土,那颗向上的心,永在。

一切都会款款而来

QQ签名上，之前有过，我的晚年理想，一间专业的音乐室，一架钢琴，落地的窗。所以，现在就要很拼命很努力，要不，晚年理想就会落空。

一个长者跟我说，它会款款而来。

儿子刚进高中，被老师短信过几趟，我有些气急。团团直转。朋友说，不要急，这些都是他自己的事，你做好后勤就行了。长者也劝我，儿孙自有儿孙福，你代替不了他的成长。

儿子在我身后，一副无辜的样子。一直以来，他是我的小白鼠，我有很多想法，总拿他当试验，这很不好。我总会第一时间接受很多先进的教育理念，有些是超前，有些甚至是错误的，还没有被大量人群检验通过的。

先生的父亲跌倒了。给他们修房的事还没完成。店铺里发货的，怀孕离开了，急需找人顶上，感冒说来便来，毫无商量。桩桩总总，件件事事，都让我不能宁静。

去接儿子晚自习，儿子蹦跳着走来："妈，今天我被英语老师表扬了。我们老师才26，开学的时候，我们都以为她走错地方了……"儿子长得比我高了，这两天被连续修理，已经能适应学校了。他自己的小窝也在我的监督下，整洁起来。父亲服药之后，脸上已经消肿，暂无大碍，发货人员也已经到位，老公一手药片，一手白开水，看着我服下去。

没事了，一切都会款款而来。多么感谢长者呀。如此睿智的话语，我要多久才能领悟到呀。不急不躁，不追不逐，不刻意，不强求。一切，都会款款而来，只要付诸努力与等待。

管理自己的脸

和几个人一起吃饭。平时颇严肃的朱老师，说了个观点，虽然现场嘈杂。我还是听进去了。他说，女人再怎么，不过是家犬和猎犬的区别。猎犬比之家犬多了份训练有素。他然后指着我和兰说，你们就是被训练出的猎犬，文字让你们自信从容。捂嘴偷乐，这什么破比喻呀。

归得家来，翻书。鲍尔吉老师的文一直喜欢着。是《脸的管理学》，他说，读经典作品的人，听古典音乐的人，不说假话的人，相貌有清气。善良的人，爱大自然的人，面有和气；高智的人，散发润气。文中引用林肯的话："四十岁的人要为自己的脸负责。"

"负责"两个字，好沉重呀。其实女人过了四十，最不自信的，怕就是自己的一张脸了。从前一次聚会，也是写字的几个人。席间一个五旬的兄长，长得颇风流倜傥，估计平时也不是个让老婆省心的主。一席吃喝，有男有女。席间，就听兄长不停地接电话，捂着

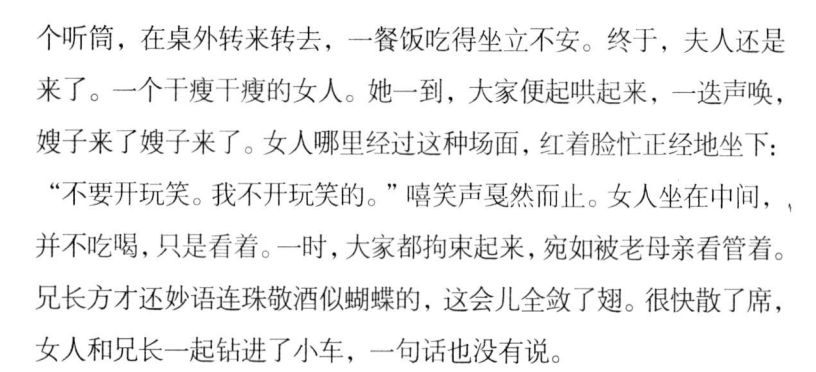

个听筒，在桌外转来转去，一餐饭吃得坐立不安。终于，夫人还是来了。一个干瘦干瘦的女人。她一到，大家便起哄起来，一迭声唤，嫂子来了嫂子来了。女人哪里经过这种场面，红着脸忙正经地坐下："不要开玩笑。我不开玩笑的。"嘻笑声戛然而止。女人坐在中间，并不吃喝，只是看着。一时，大家都拘束起来，宛如被老母亲看管着。兄长方才还妙语连珠敬酒似蝴蝶的，这会儿全敛了翅。很快散了席，女人和兄长一起钻进了小车，一句话也没有说。

女人年轻时应该非常漂亮，即便现在，依稀可辨犹存的风韵。可是那张脸，记忆犹深，满脸萧索与腾腾杀气，还有层层戒备，唯其干瘦，愈加明显。

我常客服。最怕接待四十到五十的女人，非常挑剔，非常难缠，也非常难伺候。我也到这个岁数了。不是对这群人有什么偏见。是确实。岁月的流逝，令他们的自信消失殆尽，先是从脸开始，继而乱了阵脚。这个年龄段的女人，倒不是单单对我店铺的宝贝苛刻，她是天下事，都能被她挑出刺来。她的世界，只有男人。男人被她们装扮齐整。她的世界，只有孩子。管了吃的再管穿。她是一个最严厉的卫生检查工作者，容不得家里一丝凌乱，容不得身上半星不洁。当然会容不得宝贝上，还有吐着的线头，还有不齐的折缝。再来一两根跳丝，简直要了她的命。我在客服的档儿，会劝她们。有时，放别人一马，未必不是放自己一马。过于挑剔，自己累，身边的人更累。男人和孩子，其实更喜欢，他们的老婆或者老妈，大而化之一点，可以腿跷在沙发上，可以跟他们一起，拿着个可乐瓶，在电视机前叫个稀里哗啦。

朱老师又有言论，朱老师说，人要做自己的太阳。不要让自己割成多少份，有多少为谁而活，再有多少为谁而活，得为自己而活。说话间，老婆的电话至，我们哄笑，这下太阳要被揪耳朵了。一起饭的陈老师说，朱老师家老婆特别漂亮，大有西施的感觉。西施也要看紧太阳了。

这个世上，男人和女人太微妙。昨天，还担心着自己漂亮的老婆被人家惦记着呢，今天，西施老婆就得一时一个电话看紧男人。朱老师说有自我的女人是猎犬。其实我觉得好男人也会是一个好的训练手，他大可以将自己爱人训练成驰骋疆场的千里马。当然更重要的是女人自己。看《情海浪花》。一直记得里面有个比喻：说夫妻好比携手登山，常常是男人一路向前，女人因为家累，还停在山下。一直告诫自己。不做那个山下的女人。女人常会这样想，由着男人一路同上，自己等在山脚下，替他洗衣替他做饭替他备好一切给养。待得他下山来，有热腾腾的茶水，香喷喷的饭菜。女人从来不知道，男人向来便贪心。前进的路上，诱惑太多。他更喜欢，有一个可以陪伴他左右的同游者。可以牵手，可以并驾，可以齐驱，仰天长笑里将对同游者的眷恋发挥到极致。哪里顾得山下苦苦等待的女人！

所以，从明天起。管理自己的一张脸。与他携手领略山巅风光。读经典作品。听古典音乐。报个钢琴班。邀得三五佳朋，风花雪月喝茶写文，或是报名旅行社，千山万水走遍。

生命是一份厚礼

小城里,一个十六的花季少女,从七楼纵身楼下,离开了这个热闹纷繁的尘世。帖子热得发烫,一个多么傻的孩子呀!

生命是一份厚礼,你从来没有结束的权利!

有一次,我在上课。一群男生,做着一份测试卷。当场便给他们改好让他们订正。他们来自各个不同的学校,基础都不一样。杨亮只得了60多分,还有奶奶来陪读了。当下,他的脸上便挂不住了。奶奶还在一边埋怨,看人家,都考那么高,你才这么一点儿。其实杨亮短短几天,已经进步很多了,私下里家长已经很满足,在我面前也不胜感激。只是,一边同学都是九十多分,这让他们脸上非常挂不住。接下来的时间,应该是我讲解错题了。一寸光阴一寸金,课堂上的时间向来是分秒必争,可是,我停了下来。

我开始讲故事。

那是个发生在研究生宿舍的故事。一帮精英呀。都是万里挑一的人尖子。胡甲短短的人生中，一直是甲，什么时候都是第一。来到这所学校，他却变成了第二。羡慕忌妒恨，五味杂陈。第一名并不知道，还在热心地帮他。胡甲却固执地以为，人家是在嘲弄他，一把铁锤对准了自己的同学。两个家庭，便这样毁了。国家千辛万苦培养出来的栋梁，便这样被连根砍去。

我初中有个李姓同学。哥哥下夜班在宿舍里睡觉。同事在一边喧哗吵闹。哥哥制止无效，一把尖刀结束了同事的性命，也把自己的一家送到风口浪尖。哥哥杀人自然要偿命。只是哥哥是独子，父母一夜之间白了头。行刑那天，同学是女生，不敢前往，父母连起床下地都做不到了。哥哥孤单单一人去了天国。多年以后，同学家在人前从不提哥哥，只有我们知道，不思量，自难忘。十里孤坟无处话凄凉！

故事讲好了，杨亮和奶奶都不好意思起来。我说："分数不重要，搏击风雨耐受磨难的心理承受才重要！"

十六的孩子，能懂得什么是生命的沉重？会有多大的事情值得拿生命去换？

一个学生家长。十八岁的花季，被自己的老公骗了私奔。是真的私奔。一无所有。不长的时间，便怀有身孕，生下儿子。当时儿子就在我班上，一年级。女人温文尔雅彬彬有礼，偶尔遇上，会很羡慕她。不用做事，养尊处优，相夫教子，长得漂亮，穿得又好，直叹，人与人运气真不一样，我们还在为生活奔忙，她是何等悠闲呀，送队的时候，会跟她交谈一两句，她对老师少有的客气，只消几句，便会深深喜欢上她。可是有一天，孩子没来上学。赶紧找过去时，那个孩子居然跪在当门，他如花似玉的妈妈，居然躺在门板上。还是那袭华衣，还是淡淡妆容。只是少了一口气。

女人26。男人骗来她后，一点不知珍惜。女人嫁人太早，并没有学会一技之长。本该工作的年纪，要带孩子。孩子稍长，便想着外出做事。男人被侍候惯了，自然不许。男人吃喝嫖赌，样样占全，家里入不敷出。女人的华衣丽裳，仅限于外面的一身。家里睡的床，还是用砖头搭成的。女人躺在那里，自然不再顾忌别人笑话，家里连一样像样的家具也没有。虽是两层的楼房，朝外的一面水泥简易粉刷了一下，屋里还是裸着的砖。四包老鼠药带走了她，没有人知道她经过了怎样的挣扎。

只有我自责得不行，常跟她聊天呀，只怕是那个时刻，只要有一个人能听听她说话，她便会打消死的念头。儿子才八岁，浑身缟素的小人儿，看得我们肝肠寸断。最难过的是她五十岁的母亲，白发人送黑发人，揪住那个男人，哭不出声："我只以为让她长长心眼认清世界也好，哪料到你带走了她的命呀！"

人走茶便凉。女人尸骨未寒，那边莺莺燕燕又直飞来，男人倒成了香饽饽。不要以为，生命的代价，可以唤回什么，如果有你要争取的，那就请保全性命，留得青山在，才会有柴烧！

公公83。耳聋一个字都听不见。腿在70岁那年便齐根跌断。身上每个零部件都不周全，心肌炎，贲门炎，胆囊炎，说得出说不出的毛病，从上到下，由里而外，应有的全有。最痛苦时，便会发狠："找根绳子走了算事。"话还没说完，又自己否认了："不能不能，人家会把我的儿女骂死。"他如果一寻死，他的七双儿女会被钉在耻辱柱上一辈子，即便他活着的每一天都是煎熬，他都愿意为我们熬。这是一种真正的伟大。他这样的境地，死去太容易了，活着才更令人敬重！

生命从来便是一份厚礼。它不只属于你。生命之初，一个女人冒着生命危险，把你带到了人世。那个男人，为了能让你生活无忧，每日里风里来雨里去，比檐下的老鸟更操劳。你的肩上，担负着他们的晚年。你是他们枝上的新芽，风雨来袭寒霜严相逼时，你有责任长成繁茂的大树挡在他们身前，而不是将他们的新叶嫩芽，全数捋尽，任他们在寒风中最终凋零。

第五辑　兴尽晚归舟

春空千鹤若幻梦

看川端康成。那样一个盖世才子,诺贝尔文学奖获得者,却身世凄凉。没有能善始,也未能善终。前面的十多年,父母亲人亲戚凡跟他沾上边的,一个接一个离世。及至成人,经历四个千代的无果爱恋。然后好容易成得一门亲,领养过一个女孩,五十多岁时,口含煤气管自杀。

看海子。天才的诗人,仅二十五岁的人生,却写下颇丰的著作。然二十五岁的绝代风华,却与四场失恋相伴,与穷困、与潦倒相伴。最终,让自己的身体在铁轨上分成两段,完成生命的最后飞翔。

曹雪芹也相当熟悉了。他的《红楼梦》伴过我度过十八岁的那场大病。虽然我只会走马观花地看其中的情节,却也感叹曹雪芹的晚景凄凉。举家食粥酒常赊。怎一个无奈了得!

家乡有个施耐庵纪念馆。带小儿去过一趟。皇皇巨著便在这里诞生。今人看的是那份热闹,我却在想,老先生举家在这里过的是什么日子。便在想，如果，现在把我扔在那里，写几年书，会是怎样一种情形？当然，寂寞其人，辉煌其成，凡成大事者，一定耐得住寂寞，只是，如果创作条件再好一些，不用锦衣玉食，至少衣食无忧，是不是我们这些后来人读巨著时，心里会少了很多辛酸？

还有贝多芬。他的作品，我没有全数听过，但他的传记，我却一看再看。喜欢看。看一次，愤愤一次，那样的一个人，都不能过上好日子。三十未到，便与耳聋一直在斗争。倘若他手头阔绰，倘若他有一个温暖的家，肯定不会落到那个地步。

喜欢写作的梅子。她几乎跟我一样，对稿费的追求，直白到坦率的地步。一个写字的人，一个读书的人，如果不能用手头的笔，养活自己，甚至活得很好，那就找其他的路走。我不觉得，康成就必须写作。我不觉得，海子，二十五岁时，觉得自己在诗歌上，不能有更多更好的突破，就应该去卧轨。我不觉得，曹雪芹写出千古流芳的《红楼》就该全家跟着他喝粥。

我喜欢画家雷诺阿。他的日子也百转千回，他也历经了诸多打击磨难，但他挺了过来，他活到七十多岁，他活着看到了自己作品被追捧，被拍卖，被哄抢，他一下子上了天堂，是人间的天堂。

喜欢饶雪漫。多少温暖可人的爱情故事呀。我这把年纪的人，都跟着流泪欢笑，或是决绝地转身。她居然弄了个青春组合。饶用文字，将一帮小年青，组在一起，写尽天下完美爱情，跻身富豪榜。那个郭小四，被骂死了。我却没有那么愤青，如果可以过得很好，他的笔可以为他摇来钱，为什么要拒绝？

对你好，一个理由就够了

邻居姐姐，生两个如花的女儿，初二，小女儿也嫁出去了。风光。热闹。喜庆。在我眼里，姐姐却美得胜过席间的任何一个人。是因为姐姐家八十五岁的婆婆。从三圩乡下，骑自行车到市区参加孙女的婚礼。

姐姐和她家老公，是娃娃亲。我们成家之后，所有礼数一律跟姐姐学得。姐姐特别讲究风俗人情。跟婆婆关系胜似母女。是发自内心的。每年，姐姐准备礼物，总是婆婆在先。以为姐姐是因为老公，爱屋才及乌。姐姐说，不全是。姐姐和先生是六岁，大人做主定的亲。那个时候呀，姐姐说，羞死人了，最怕人家提这门亲，看到先生，也远远地绕过。

姐姐的母亲，没有读过太多书，姐姐长得高挑漂亮，初中毕业了，家中比较拮据，母亲便动了姐姐的心思，想让姐姐回家帮衬家里了。姐姐上面的大姐二姐，走的都是这条路。

姐姐家的婆婆识字断文，且跟着公公在外走南闯北做生意呢。婆婆大道理也不讲，过去就喝止亲家母：我们家儿子可是要一路上下去的，不要到时你们家女儿配不上。

　　这招挺狠的。两个亲家母从小亲如姐妹，才会有荒唐的娃娃亲。姐姐的母亲吓坏了，连滚带爬地把姐姐送进了高中。婆婆当然不只是要挟恐吓，暗中偷送学费接济他们。姐姐得以高中毕业，后来姐姐好几份工作，都得益于自己在高中所学的知识，包括现在可以和先生双进双出，举案齐眉，全是因为自己的高中经历。

　　梅是我最要好的朋友。小城里担任着不小的官职，却特别亲和朴质，我和卢姐姐赞她，是官场的一方净土。梅和婆婆常在一起散步。那样的两个人，不得不叹，绝对母女相。相仿的身高，白净的肤色，尤其两人内在的气质类型，知性纯良，贤惠端庄。梅的婆婆，还有婆婆。四世同堂。梅的老婆婆，八九十岁的了，行动早已不便，全是婆婆一手拉扯着。上行下效，就凭这一点，梅，就绝对敬重自己的婆婆。何况婆婆确实做得到位。梅家女儿，要上中学了。中学在西城区，梅和婆婆家都在东城区。梅还没考虑到那一步时，婆婆已动用贴己，悄悄在西城区买新房了。梅和先生，工作忙，城西城东各一个家，婆婆又安排公公隔三差五地过来做饭给孙女吃。梅在外，算得上叱咤风云的，长年的乡镇工作也让她风火了很多，可是，和婆婆走在一起，就乖成了一个小女儿。前日又见婆媳一同散步，肩并肩，手牵手。只是婆婆白发更多了，两人脸上的笑容，一模一样。

　　我妈也是。妈妈对奶奶，胜过外婆的。我家四个叔叔，彩礼一律是妈妈张罗，婚礼一律是妈妈操办。只记得，芝麻大点的事，奶奶就往我家一站，倚着个门框。然后妈妈就站起身，一边安慰她，一边把她往家推，然后，所有问题都是妈妈扛了。

　　比较不服气。奶奶一直重男轻女，对我们，有也等于无的。何况她，懦弱又好欺，又没有文化，讲故事都不会的。我们的童年，全由外婆填满，奶奶实在是可有可无。妈妈那般帮她，我们也深不屑的。

　　后来妈妈告诉我们，对奶奶，她是记一辈子恩的。那个特殊年代，外公成分不好。和父亲做亲，居然政审不过。父亲原本无可不可，奶奶却坚决要妈妈嫁过来，为此，奶奶被开除党籍，直到我十多岁上，才被恢复。妈妈说，就凭这一点，奶奶都值得她敬重一生。

　　看六六的《双面胶》，那样对立的婆媳关系，不寒而栗。其实于我，谢谢婆婆，善待婆婆的理由，只需一个：她给了我爱人生命，仅此一条，她便是绝无仅有的功臣，就会赢得我至高无上的敬重与礼待。

哥等下雨呢

旧时同事来玩，说起阿芬。"男人替人担保三百万，出事了。现在每月只拿九百元生活费，龙凤胎孩子正上大学呢。几百元，一家四口，够什么呀。男人还开着车，要我说呀，车也别开了，索性将开支降到最低。"同事不无惋惜。阿芬和我们年龄相仿，却找了个大很多的男人。男人吃的财政饭，阿芬生下一双儿女之后，就再也没用工作过。每每在单位累得不成人样时，我们便会叹，学得好不如嫁得好，阿芬的日子比蜜甜的。没想到，人到中年，出这个岔子。同事做着律师工作，替阿芬两口子出谋划策，跟我谈起时，不免唏嘘。

正想着，阿芬那般水灵漂亮的人，遭此打击，还真不知道成什么样子呢。再在菜场上遇到她时，却没有。站在菜摊前，认真地选着菜，拿着摊上的蝴蝶兰爱不释手。摊主笑，你用不上的，那是饭店人家做盘用的。阿芬偏往手里拿，我的手艺也不赖的。回头看是我，笑着掰开一朵，插到我的小自行车前："美人就该配鲜花的。"我倒不好意思问起他们的近况。阿芬坦然呢，主动提到了："我到一家装修公司，做了打扫。工资不高，但常加班，算起来钱也不少了。倒是他，一时转不过弯来，真怕他想不开呢，我报了个自驾游，花不了几个钱，陪他散散心去。这人哪，倒什么，不能倒精气神的。"

突然对芬刮目相看起来。早年的她，忙着嫁人，并没有读多少书。却睿智得不行，男人都是纸老虎，每临大事，女人还是比较沉得住气的，芬的不离不弃，便是最好的良药。一些前阵子天天堵在她家门口追债要债的，渐渐被芬镇住了："人家不过跌了个跟头，肯定能站起来的。再说，人家龙凤儿女再有几年，又是一片江山了。"要债的人相互劝勉，逐渐离开。

2

近来感觉自己的生活，如飞驰的列车，一路呼啸前行，无力掌控。团团转。他父亲身体不好，我在医院和店铺两头溜得心口疼。疏于对他照顾，那个大男人，蹦到我面前："老婆，我吐酸水的。"我天天跑医院，他带着儿子，天天青菜汤，不吐酸水才怪。老师又发短信，最近组织段考，家长加紧督促才是，孩子成长的关键，是家长。

姐姐那边也过来电话，生产的面料，告急了。继续调前一批的产品，还是另寻新品，听通知呢。热血一下子就涌到了脑门。真想甩手就走，千山万水走遍，不是谁没这个能耐，只是真正舍不下这一家大大小小。

从医院回头，花店门口的仙客来，不胜娇怯，满面含春地盯着我。赶紧下得车，捧上一盆，到得家来，配上漂亮花盆，浇了点水，越发水灵诱人。索性卷起衣袖，里里外外清扫起来，又翻箱倒柜地折腾了大桌的菜，去丰泽园拎回儿子最爱的蛋糕。

真有峰回路转的感觉。老公一见我漂亮的围裙，眼便放光："老婆，今天怎么这么漂亮？"儿子一进家门，就直奔蛋糕而去："蛋糕蛋糕我爱你，就像老鼠爱大米。"儿子又唱又跳。日子还是那个日子，我却从容多了。我安心陪在父亲床前，我把涂满黑油的指甲竖着让他老人家看，老父耳聋，眼好使呢，点着头表扬着："嗯，好看，涂的黑墨汁？"一旁护士笑喷。

3

又是草长莺飞时节，骑着我的小自行车，走街串巷。路旁停着一辆广本，惹得我哈哈大笑。那是一辆怎样的车呀，灰头土脸，不知是一个怎样的车主，才会将自己爱车，开得如此之脏。最乐的是它的后窗，玻璃上沾满了灰，灰尘上写着："哥等下雨呢"。没有标点，一个灿然的笑脸画在一旁。这是个怎样调皮又聪明的车主呀，他不是不洗车，他等下雨呢，一场雨过来，一定会还它清爽容颜！

其实，人活一世，草木一秋，快乐也活，烦恼也过。老天爷一定不知道，人人诅咒阴暗泥泞的下雨天时，还会有人热切地盼望来一场酣畅淋漓的雨，冲涮清洗世间污迹无数。哥等下雨呢，何等从容自信，气定神闲。阿芬是，广本哥也是。风雨来袭，笑容满面，等着自己的人生，随时来一次翻牌，胜败其实一直握在自己手心。

买两把青菜,一把留着老

店铺的小丫头,九零后,说话还奶声奶气呢。高调爱情,高调友情。特别喜欢听她说话,娇滴滴甜蜜蜜的,喜欢的不止我一人,身边的人,恋人爱人同学友人,团团转。

恋人离得远。有时不免落单。还没下班,便开始拉人陪着过晚上时光。一起长大的小男生,最倒霉,恋爱没他的事,陪伴要随叫随到的。一起吃麻辣烫,一起吃豆腐花。男生好欺负,小丫头说:"哼,在我结婚之前,你不许谈恋爱,到时说不准我被他踢了,就回头找你!"男生好脾气地点头:"放心放心,一直看着你嫁出去。就你这天天缠着我,我也没个空找女朋友呀。"

哈哈大笑。这个年纪的孩子,跟我们全然不一样了。另一小丫头琦琦才是个屁大的人,语出,必成经典:"瑛姐,懂不?这就叫备胎。"

近日,客服、发货的,一直出状况。差人了,就我顶上。早晨八点半开始，夜里零点结束。旺旺叮咚不停，文档还开着，答应朋友写个文字印象的，就这么，一边迎来送往，一边抖落文字。《彩练》一文便是这么诞生的。客服到位了，发货小丫请假。到底业务生疏了，竟至有来不及的感觉，全身心投入，走路都差要跑起来了。闺蜜丁丁来看我，正值快递等在门口，发货的高峰时刻，丁丁跟在我身后，急，不知怎么帮我。物流二十一个纸箱一下子到位，不用说把它们一一码好，单是拆封开来，清点品种和数目就是个浩大的工程。

朋友送书给我，看到，惊且怜。跟朋友走得很近，亦父亦师的，他正色地跟我说："不希望你这么忙，你的时间，应该用来做更有意义的事。"

我当然能听懂。他不是第一个人这么要求我。这是我选择的路，我会一直微笑着走下去。那个书法家，琴，也是。上午半天公园画画写生。下午写毛笔字。晚上半小时古筝，两小时散文。然后余下来的时间，全部用来写毛笔字。写到手酣兴尽，通常都要深夜两三点。朋友劝她，放松自己呀，早点睡呀，女人的美，睡出来的。琴倒也淡然，书法让我美丽，绘画让我美丽，文字让我美丽，如果，没有了它们，我要美丽又有何用？

每个深夜客服的时刻，Q上好友竹子总提醒："快去睡呀，否则不美了。"想做的事情，如果做不成，我要美丽何用？

今天的我，一条破牛仔裙，长长马蹄袖遮住手面，发如瀑，眸如水。我在包装墨水。新开店铺，破竹之势来势汹汹，货一上架便被抢空。墨水已经包装到手软了，还得继续。想起朋友的惋惜，笑，侧头，唱歌给自己听，胶带的呼拉声有如天籁。朋友说，真怕你被这些琐事淹没。

发一段矫情的文字上微博：朋友说，真不希望，这些琐碎砺粗了你写字的双手。我笑，心中有旋律，锄草亦舞蹈的。不管我从事着怎样的工作，不管我在怎样喧嚣的尘上，那颗向上的心，永在。文字，会是一直的方向，那颗心一直纤柔，双手又怎会变糙？

一直是个穷奢极侈的人，过日子从来不懂精打细算。常常买菜。小青菜最经常。小青菜，放半角豆腐，或者用两个鸡蛋，做两方蛋糕，一把足矣。但凡我买，都是两把。常常是一把吃光了，还有一把，扔在地上，变黄变烂，几天后扔掉。每次总是。

先生批评，怎么就不长记性？不能就买一把？笑。下次再买，还是两把。

这会儿是下午三点多，架上的麻裙，全拉出来等待清空。新回来的字帖、纸箱、作品纸，鸡零狗碎林林总总全处理得差不多了。汗出来了，坐电脑前歇会儿。敲下这段文字。

文字是我人生的备胎。买两把青菜，一把留着老。所以，注定，我活得，比旁人积极得多，也忙碌得多。因为，我得多备一把青菜，不一定用得上，但能保证一路笑语欢声。

生命中，那些贤达的人

桌上一张稿费单，数额有些出乎意料。发了条短信，给吕老师。

很久不正经写文了，吕老师那边，却一直记得发文过去。难忘写稿之初，老师给予的鼓励。《盐渎》杂志首发，约的全是名家的稿，还要作者合影。因为吕老师的偏爱，我居然算在其中。有感动，也有惶恐，倒不是对自己没有自信，是因为我已经不在写文之列。先生前日和我散步，说，一个人，生命中，总有很多贤达的人，对自己影响很大。

吕老师便是。只凭报纸上角的邮箱地址，便将稿投了过去。先是一两篇，再是三两篇。没想到，我的文章，吕老师很是欣赏，每每必寄样报，随样报而来的，还有他的亲笔信，简短几句，有如暖阳。后来《天使的歌声》被他推荐，获省副刊一等奖，编辑和作者都有奖，算是我们师生完美的合作。平日短信交往居多，只寥寥几语，却有如及时而来的雨，我在写作的路上，浸润在这种感动里，新作不断。

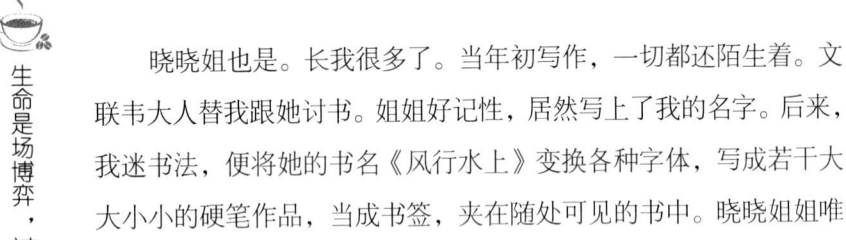

晓晓姐也是。长我很多了。当年初写作，一切都还陌生着。文联韦大人替我跟她讨书。姐姐好记性，居然写上了我的名字。后来，我迷书法，便将她的书名《风行水上》变换各种字体，写成若干大大小小的硬笔作品，当成书签，夹在随处可见的书中。晓晓姐姐唯美浪漫的文风，很长时间影响着我的写作。我和梅子同时说：喜欢那份难得的干净。

梅子，跟我成了最铁杆。文字上，我是绝对的折服。而她，腼腆内向的性格，和我也成了绝对的互补。我成了她的小跟班。很多聚会，她的小拇指一勾，我便尾巴似地跟到了。我在写稿之初，一切追随稿费而去的，自然会有很多迎合与取巧。梅子毫不客气地批评："你要保持自我，写出自己的东西，让他们来适应你，而不是时时想着去适应别人。"叹服。彼时我的稿费，确实算高的。但有些文，回头看看，真的流汗。于是调整，于是，放弃某些合作。

后来便有一个老先生。先生是儿科名医，跟我八杆子打不到一起去。但先生喜欢看我的随性小文字。贴在博客上的小文，先生总是简短地评论，不以文字的角度，多半是长者的见地。有时怠懒，或者追逐的路上，三心二意，想着老先生期待的目光，便收起玩心，老老实实地更新博客。而我一会儿玩文，一会儿淘宝，先生不着一词。只是远远关注，告诉我手表定律，让我选我所爱，爱我所选。又告诉我马太定律，告诉我，生活原本残酷，会让好的更好，差的，变得更差。我以为，这是先生悬于我头上的一根鞭，让我时时不敢放松。

近日觉得自己体重在增加。其实我这把年纪，体重高与低，原本是件无足轻重的事。但其实是透露一个信号：追逐的停止。太多时日的欢娱，太多时日的吃喝玩乐，太多时日的放松与懈怠，这些全是发胖的原因。于是，这样的清晨，奋起读书。读斯琴。篇篇美文，幅幅美画，还有小楷书写的自己的美文。斯琴，是我的偶像。

沉鱼落雁之容，画好文好书法好还弹得一手古筝，满屋的花草，不入她的短信，便入她的画，要不，会入她的散文。

其实，见贤思齐，身边任何一个人，都可以给你以照耀。去三轮车叔叔家吃了一顿饭，我连续几天，收拾家里，想要学到那份一尘不染。兰，在我眼里一直大大咧咧，逢酒必闹的。如果遇上逸雅，两人眼睛一挤，不知又要放倒多少醉男。只是那天她安静得离奇，一席话让我对她肃然起敬："一杯酒好多银子的。我如果闹起来，一瓶肯定不够的。"换种方式替三轮车叔叔省钱了。到底心细如发又体恤人了。

不只是人。鸟亦为师的。近来成卢粉了。贵阳卢老师的文章，篇篇入心。一清早，大男人与鸟对视：向上的路上，你先飞，我追随。莞尔一笑，世上最动人的，莫过于此了。

一心向着清华飞

这个话题有些沉重。

从前上班,一个同事说,一个女人做母亲的过程,就是个梦碎的过程。那个人生下来时,咿呀吟哦,那是诗人李白。做了个舞蹈动作,那是杨丽萍的坯子。刚会写1、2、3,那就是华罗庚的料子了。生下的第一天,枕头必是《大学英语》,那是文化人的起点。抓周,要抓钢笔的,最好抓到的是墨水。孩子在一天天长大,无奈的母亲,不得不一天天面对现实:龙生龙,凤生凤,老鼠生来会打洞。虽说龙生凤,老鼠后来不打洞的情形也有,但毕竟属少数,属于冒出的黑马。

不完成作业了,老师叫家长。撒谎出去逃学半天了,又被老师电话了一回。再到小升初,别人都上了重点初中,自家的那个,勉强进了普通中学。但怀揣希望,奋斗了三年,别人进了更高的重点高中,自家那个,花费若干,也挤了进去。学校却分出超强,特强,强强，普通班。你的那个，很自然，就在普通班。这个梦还有得继续，别人安慰你，没事，孩子都有潜力的，说不准他一懂事，就发力了。就像路边的那片玉片地，狂风一来，歪七倒八地，却有一天，不经意间，亭亭一大片了。

直至高考袭来，一夜梦醒。梦碎一地。那个比尔盖茨，那个撒切尔夫人，那个小李白，清华学子，一夜打回原形，他不过是你的孩子，一个才长了十多年的涉世未深的孩子，那个刚脱了奶气的乳臭小子。

这两天连续吃饭。还是那几个角色，借着文字，在生活里放放松。兰的女儿，考得不如意。兰这么认为。姐家的舫哥今年也高考。高考前一天，我替这两孩子都祝福过，我轻飘得如同六月放飞的信鸽，高考不过是一场检阅，小宝贝们振翅翱翔吧。考过之后，才知道我这样的放言，有多轻忽。舫哥一直优秀，姐夫早年颇不如意，却在学业上有建树。从小舫哥在他的带动下，小有些美名。此次高考，却跌破本一线，只比本二高十多分。考之前，模考分数级级攀升，舫哥曾有一梦，冲刺清华的。姐知道狂妄，却掩口偷笑，人不轻狂枉年少，就让他狂想一曲吧。可是，一点意外都没出的舫哥，却考了历史最低分。电话查出分数时，我还没概念，可是姐姐一番话，直接逼出了我的眼泪："他现在什么也不说了。我们说什么就什么，蔫头搭脑。"

那样一个神采飞扬的翩翩少年郎！霎时敛尽锋芒！兰和我们一起饭，一个大大咧咧的人，终于将忍了多日的泪尽数流出，那么多关注的目光，将她逼上了一个说不清道不明的境地！原本以为，考得好与不好，都能和丫头一同面对，都能笑对人生，事实不然。诸多的关注已经在她四周拉起层层罗网，将一家三口网罗其中，欲笑不能。

我是一个只贴福字的人。生活的假恶丑都入不了我的文字。但，离我最近的孩子们，遭受如此打击，我轻松不起来。兰家女儿也一起吃饭的，我带一本最漂亮的书法作品纸给她，交给丫头时我说，这是给你写情书的哦。

我还有话，没有交代。十九的花季，我希望丫头尽快走出这段不快，相遇一场美丽的爱情，心中有风光，哪里都旖旎。

回来的路上，正好遇到邻居家女儿。小城的高考状元，唯一被清华录取的小宝贝儿。一脸阳光，骑在山地车上，扬声和我招呼着。很是羡慕小宝贝儿。再对比舫哥的沉默，兰家女儿的郁郁，我却想说，在我的心目中，三个孩子何其相似！美丽的青春，大好的韶华，锦绣的前路，这些，都是他们共同拥有！

十八岁那年，大病一场。我那一直望女成凤的母亲，有一天我病得朦胧中，只听她在祈祷：老天，只求你让我女儿好好活下来，只求活下来。这个世上，最能妥协的，便是母亲。本一进不了，本二就很好了，本二不行，本三妈妈也开心。再不济，只要找个学校，等他长大，然后做什么，你都是妈妈眼里的宝。

一心向着清华飞。一个孩子成长的过程，就是梦醒的过程。宝贝们，只想告诉你们，世上的路有千万条，人生的模式有许多种，飞不高了，咱跑。跑不远了，咱走。走不动了，我们陪你，坐下，喘口气，再向前。清华，只是个方向，一个向上向前的远方，不只是那个挤破桥磕破头的学堂。

他们喝酒，我却醉了。缠着兰家女儿，叫我小妈妈，对着那个文静美丽的少女，频频举杯：有多少人羡慕你，这世界属于你！

青山在 脚已老

店铺琦琦，自称大号天使。小丫头来时，才十九岁，眨眼间，过二十槛了。问怎么不恋爱。天使一脸坏笑，咱就讨大妈和大叔喜欢。

别说，是真的喜欢她。店铺除了跟网上天南海北的客打交道，快递公司人一拨一拨的，没一个不喜欢她，店铺在小城一方，颇得人缘，和小丫头极有关系。

圆通送件员，长得恶势样，脾气特别臭，三天两头有人投诉他，可是，还就听琦琦的话，屁虫似的让向东就向东，隔三差五琦琦还能敲他买冰红茶一类的带来。

店铺一客人，打了个中评。琦琦电话去沟通，只打过一次，客人极快地将中评改过来了。以为就完事了，那人又电话来，要留琦琦私人电话，说她的声音，很像他的一个同学。琦琦吓得连电话都甩掉了，我在一旁哈哈大笑。

前阵子，客服搞不定一个客人，客人在我们两个店铺分别拍下

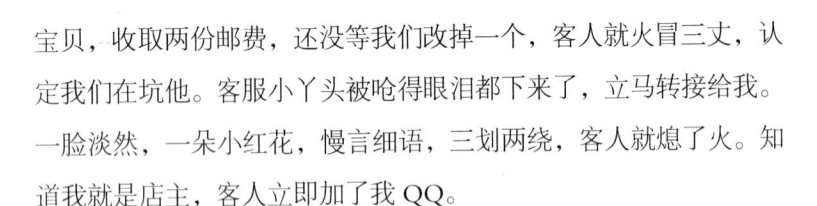

宝贝，收取两份邮费，还没等我们改掉一个，客人就火冒三丈，认定我们在坑他。客服小丫头被呛得眼泪都下来了，立马转接给我。一脸淡然，一朵小红花，慢言细语，三划两绕，客人就熄了火。知道我就是店主，客人立即加了我 QQ。

是个小帅哥。二十五六。相见恨晚。年轻人就是不一样，不过两个回合，小帅哥说：喜欢你，做我女朋友吧？吓我一跳，不疾不徐地答：我儿子十六岁了。那边回：我不介意。

笑。你不介意，我介意。我这把年纪，莫说有家有小，就算光棍一条，也不会找这么小的呀。那边的喜欢，不因我的拒绝而减少，小帅哥确实有才，唱歌、书法、绘画，全到一定水准。每日追着我的空间看，逮着机会就来表白。

近来买鞋，一律全真皮手工鞋了，平跟，缀满各式花朵。以我的身高，从前打死都不肯穿平跟鞋的，但现在变了，鞋柜里几乎找不到高跟了。

老了。不争的事实。二十岁那年，学穿高跟。一双大红的细跟，镶满水钻，只有最后一双了，34 码。比平时小了一码，可是真爱得不行呀，不管了不管了，抱在怀里，连夜在宿舍地面跑来跑去。那双小鞋，受足了它的罪，却也风头出尽，每有感觉重要的场合，一律穿它，袅袅娜娜摇曳生姿。

做淘宝起，每日大量发货，还有大批货物进仓，这些，全要从我手边过。没有一双妥帖安稳的鞋，只怕是都撑不到晚上。自此，手工真皮鞋成了新宠。

老了。似乎从脚开始的。小帅哥要参加全国书法展，说，拿了奖请我吃大餐。我笑，拿了奖，我寄作品纸过去奖励你。

人到一定年纪，就会看淡很多，看开很多。琦琦除了长得胖了些，算得上小完美。灵动机敏善解人意能说会道，所以，我这个大妈级的，喜欢。所有大叔级的，喜欢。如果这个年纪的人，再挑对象，一定不会苛求人家的长相，一定不会在意对方的体重。在意的是，彼此是否投缘，在意的是，那份心灵的契合。

前阵子，盐城七个写文的合影。很不好意思，我和梅子最小，跟最年长的隔了二十岁的年纪，但没有看到我们很明显的优势。晓晓姐姐，依然马尾，新华姐姐，长发飘飘，都是近六旬的美女了。年龄在她们身上，不起作用。周身一片知性淡墨香，是三月里清爽甘冽的天然梨花白。

突然就盼自己老了。老了，不可怕，要有能撑起晚年的东西。一支秃笔，一幅瘦画，一首清曲，一阕残词。岁月汰洗过的那份淡定从容，一如经霜秋菊，别是一番风景。

人生若只如初生

朱老师家孙子一百天。不过三个多月的小东西,勾起他万千柔情,短短几个月,写下好几篇关于孙子的感人至深的文字,他写了还不算,师娘也加入进来,几篇奶奶手记,更是看得人心下濡湿。

初生是人生的起始,也是人生最亮丽、最迷人的风景。我家那个小东西,是直接从我肚子里剖出来的,等我能睁开眼看他时,那个小动物似的人儿,眼紧闭,口大张,唔啊唔啊破锣敲,挥舞的小手上,居然吊的是我的名字。

是的了。这就是我的宝。我的小宝。小乖乖。我换着各种昵称,看不够地看他。他并没有知觉,看不见听不见不会说不会坐不会走。我妈拿他不知道怎么办,小包被摊着,把他放中央,卷成三角形,拎到东拎到西。最有趣是洗澡。流水作业,一排小宝宝,被收到护士那里。一个人剥衣,一个人排到水龙头下。一个人开始搓洗。小动物们呜啦呜啦齐哭,小手指塞进嘴里,咂巴有声。一个人擦干,一个人上粉，一个人穿衣，一个人分别放进小包被。然后再用几层的婴儿车推出来。一式衣服一式装备，我妈夸口，能认出我家的小宝贝儿。可怜的外婆，猜了几个，都是人家的。终于可以送到我的身边了，洗净的上过粉的小宝，才像个人。他不哭了，转着眼看这个新奇的世界，我忘了正是这个人让我在刀房里呆了几个小时了，我惊呼：妈，快来看，他朝我笑了。

妈很淡定，他哪里会笑呀，就算是笑，也是下意识的。他还没会认人呢。不管了。我就觉得他是在朝我乐，感激我把他带到人世，认识他对面的这个女人，是千山万水把他带到人世的最亲爱的人。

店铺艳子，人见人爱的小东西。前天生日。小东西卷着舌说她妈妈生她那天，正好进大伏。那叫一个热呀。人家也挺过来了。小东西生下四斤七两，医生悲天悯人地对她爸妈说，送三两给你们凑五斤吧。艳子自己也哈哈笑，又不是摆摊卖猪肉的，还送三两的。就那样一个弱小的人儿，现在是一米六八的个儿，不瘦不腴，美丽中透出灵慧。她成天喜欢自拍，穿个吊带衫，坏坏地拍下，涎着张脸问老爸：你丫头漂亮不？

艳子爸是天底下最幸福的男人。丫头哪里像个丫头，闹着要跟老爸穿情侣衫，烫个篷篷发要跟老爸比翼双飞。男友不在的日子，直接拖老爸上街凑数。老爸跟老妈正闹着呢，小丫头往老爸怀里一赖：你是我的。哪个都抢不去！艳子一脸绯红：哼，谁跟我抢老爸，门儿都没有！

艳子说，六岁那年，坐老爸车前，把他机动车钥匙一拔一扔，可怜的老爸，机车推在手里，走了几里的路才找到修理站。

快递来收件，一小男生，居然是我的学生，当年在我这儿接受英语培训。是家里的二子，父母搓澡工，却不惜为他付出不菲的培训费用。我叫苦，早知道来送这个件，哪里需要学劳什子英语呀！

近来常吃饭，谢师宴。考得好考得还算好的，都得请饭。人生分水岭，一场高考，高下就此分出，人生旅途，离出娘胎，这是又一次起点。

儿子自从见他哥参加高考的惨烈后，多了很多思考。一个暑假，哪里也没去，埋头练字，谁劝也不听。昨日小结性作品贴上墙，欣喜之余，他的长进让我着实吓了一跳。

对于初生的娃儿，我们的耐性好至极点，他会笑了，他能追着我的声音，忽东忽西了，他能抬头了，他会转身了，都能让我们乐不可支。可是不知道从什么时候起，我们开始变得贪婪，变得恨铁不成钢。变得恨女不成凤恨子不成龙。艳子用童真唤回老爸出走的心，我的快递学生做得娴熟又开心，这些都让我欣慰。

最近，我开始了"逆生长"，每每说话，先生就和我逗趣，叫我把舌头捋直了说话。跟儿子在一起，更是比他还小。小男人无奈，连说烧起来了。我却找到了快乐，简单纯明的快乐。人活一世，抽丝剥茧删繁就简，无非是那些东西，不如让自己活得清透澄明，对别人，也多一份审视婴儿的激赏与欢欣。人生若只如初生，世界便总是鸟语花香。

人生正能量

淘宝的店铺，东西卖出去，然后顾客收到，会有评价。今天有个中评。买的是本行书字帖。说是字数少了。

躺着都能中枪。评价是针对宝贝质量，客服态度，发货速度来的。行书字帖，新华书店都有得卖，我们也只是经销。字多，字少，和我们有什么关系？这个中评，应该送到书法家手里才是。

我电话过去，跟客人沟通：您可以对字帖的纸质，是否正版，印刷质量提出要求，字的多少，我们确实无法掌控。何况，字帖的好坏，不是以字的数量来定的。兰亭序，千古名帖了，不过就那么多字。

客人在那边连连赔不是，当时随手就这么点了。没想到给您添堵了。

轻笑。很多朋友替我不值。好好文不写，跑来淘宝上做小商小贩。我卖的不全是商品，传递的，还有一份人间的情和暖。

一个小新娘，买我们二十元的笔。往包包里一放，墨水漏出，结婚的包包被弄黑了。那个火呀，找到我们，就直喷射。我能懂她的懊丧。但一个写字人，笔随身携带，外装笔盒居然不懂？裸着就放包里了。这是生活常识，已经不是我们需要普及的范畴了。我说，刚成家吧？一些生活的小常识，还有要具备的。女孩成家之前，都是公主。这成家之后，就得对一个小家负责，对自己喜欢的人负责。很多从前不沾手的，现在都得尝试。今天是我的笔，弄脏你的包包，貌似可以来找我算账。明天剖鱼，把手划下来了，是不是连卖鱼的，和卖刀的一起收拾？

小丫头倒也聪明，哈哈大笑："谢谢店主大叔，您可真像我爸。每次电话回家，我爸都要叮嘱一番，说的话，跟您一模一样。"

得。长相一直有自知之明。这会儿，连性别都被人家篡改了。

儿子很小的时候，我迷上超级早教。他就是我的一块实验田。早早识得一肚子字，迫不及待送进小学。这是违背教学规律的，儿子因为比常人小两岁，什么都磕磕绊绊，高一下学期，我还不停地被带家长。一张老脸，被丢得干净彻底。高二分科，儿子突然意识到，如果这样浑浑噩噩下去，本三都进不了好的学校。小人儿突然换了个人似的，缠着他爸要学书法，他要用另一条捷径，直奔高考的路。

不过二十天的时间，兰亭序被临得有模有样。每日虽然陪练到很晚，我和先生，都特别有成就感，这会儿，还在顾自不信，怎么不像咱儿子啦？先生也是儿子这般年纪开始练字的。没想到，儿子到了他这个年纪，居然也迸发出这么大的热情。一天在店铺忙到晚，会有累的感觉，可是看到灯光下的儿子，便浑身是劲，投入到另一个战场：写文，陪老爸说话，做家务，浇花水……

小花艳子说减肥，没把她的话放心上。大花琦琦一直嚷着减肥，两年下来了，越减越肥。艳子跟我说："瑛姐，我要减到来时的模样！"艳子来时？那叫一个可爱。齐刘海，婴儿肥的小脸，后来就越养越胖，胖得从背影大花小花都能认错。减到来时的模样，是得一堆肉肉搁那儿的。

小花每天在店铺发货，旋风般卷来卷去，活力四射，突然有一天，我朝她一看，发现新大陆似的："艳子，你瘦啦？"

"别这样，人家害羞。"

自此，便开始留意起艳子。130，128，124，118，116，扛不住了，一路下滑的体重数字。小丫头真让我咋舌。好女不过百。艳子挂在嘴边的目标。要么瘦，要么死。好可怕的减肥标语。小丫头很快成了减肥达人，因为自己有了成功的体验，琦琦那身肥肉是藏不住了。艳子押着她，不许吃零食。让琦琦晚上也学她，不吃饭，只吃水果。可怜琦琦是被动接受，零食哪会说戒就戒，手袋里藏了一包薯片，艳子冲上去就夺了下来。

我好喜欢她们，也只有艳子这样的年纪，才会全身心对朋友捧出一颗心，丝毫不计较回报。艳子是秋日里普照的艳阳，有她的地方就有暖和光。"我坚持的好苦哦。可是都值得。我希望自己变成更好的人，我也希望把快乐和能量传给我身边的人。"

对头了。人生正能量。我们都在奔赴的路上。淘宝几年，从不计较得失，冉难侍候的买家终成朋友。今大义有个不过因为快递爆仓，他的宝贝迟到了一天，当下不爽，机关枪一般朝我扫射。乐。别冲我发火呀，不是买东西练字的嘛，赶紧跟我学几招呀。不过是片言只语，不过是教他，习字之人，功夫在字外，不修闲看庭前落花的心境，何以练字？

当下戾气全收，叹服："跟你后面不只是学练字的本领，更要学做生意的本领。"错。不是做生意。是做人之道。我传递的，不过是一份人生正能量。我也希望，我是秋阳下的丹桂一树，靠近我，就有绿，就有香。

拆骨成诗

一定会有一种爱好，强烈到骨子里，让你甘愿为它，献出所有。

和贝多芬，只是偶遇。不是因为他的音乐，却是因为他传奇的一生。彼时，我并不懂得，如何去阅读，也从未为自己设过某种目标。我在一个小学校里，岁月静好，以为可以，和心爱的人，携着手，平淡地，度过一生。

可是，我和他遇上了。一个不过六十页的小册子。《贝多芬传》，不需要凳椅，我站在书柜前，一口气就把它读下来了。那时我的小儿才几岁，正是求知若渴时分，我携着书狂奔回家。小儿躺在我的臂弯里，手里薄薄的册子，突然让我失语了。我无法告诉小儿，一个男人，可以用整个生命，去爱一项事业。他的曲子，家里不全。我反复不停地播放《命运》，这下，小儿有些明白了，在音乐声中，狂乱地蹦跳，胡乱地击掌。对那个卷发高鼻的男人，突然充满了怜爱，却原来，热爱，让他成了生活中的婴儿，不会照顾自己，不会替自己找寻爱情，不会用自己的资历替自己挣来生存的最好保障。骨头磨浆，一抔净土掩风流，只给后人留一个永远追寻的背影。那段时间，我的音乐课，一律是《献给爱丽丝》，那里有大师最幸福快乐的时光，朝阳初升，譬如朝露，陌上花开，仙女一般飘来的小姑娘，那是大师追寻了多年的影像。切莫大声，随着小姑娘一路飘荡，如瀑的长发，格格的笑声。大师一路追寻，仙乐隐隐，先是若有若无，继而奔放热烈。那是大师汹涌而下的爱情。听得泪湿，那样一个才华横溢的人，却求不来一菜一蔬的凡尘爱恋。很多人以为，这种人的爱情，一定是那种阳春白雪布达拉宫头顶的蓝天白云。

断断不是。

那个沈从文，不过就是写篇文。却在撒娇。手好冷。你在我身边，多好呀。可以替我暖暖手。今人看他，头必仰着。世人看他，敬而远之，那样齐天的才华，哪有伺候得下来的人。却不知道，只是这样的家常要求，只要这般寻常的温暖。到底好笑了。一个男人，写了篇文嚷嚷着要你来替他暖手。好吧。咱就来。一个男人，肯向一个女人撒娇，只有一个理由，那就是，爱极。我能理解。一个女人，爱上了男人，会把他宠到骨子里。捂手的事，多简单呀。双手握着，哦，不够。他的手太大，包不住。解下自己脖上的围巾，那人还在跳脚，冷啊冷啊。索性解开自己的棉衣，一双手揣到毛衣里。这下安定了。有冷风嗖嗖，女人打了个冷噤，看着安静下来的男人，点着他的额头：德性。

世上得了爱情的男人，都是那副德性。

画家夏加尔，要说，丑男，没人比得过他。可人家的爱情，就是让你眼红。一个市井女人，身胖肤黑，常年一条围裙，是村边的矮篱笆。男人却如获至宝。画作的模特，一律是女人。让那个市井女人，风情万种地飞翔在自己身边。

笔或者键盘，都是他们生命中的挚爱。爱恋成痴，拆骨成诗，再能遇上一段爱情，便是锦上添花的事。

于是我，跳出樊篱，朝吟暮唱。

拆骨成诗。跟乡语里的骨头磨浆，多么一致！喜欢将一件事情做到极致。譬如梨花，骨中香彻；譬如兰亭，千古描摹；譬如爱玲，世人皆捧。

却不喜海子那般的决绝。昨晚月圆，家乡诗人流连在他乡，圆月中读他的诗，两腮微麻，一把年纪还要漂泊，那是诗歌的无奈。却更加敬佩他。有些路，一旦走了，再没有回头的可能。

譬如，拆骨成诗。我不是他，读不懂他所有的痛，我却可以是他，虫鸣鸟唱中，击掌喝彩。

第六辑

便引诗情到碧霄

很多时候，我们忙着抱怨命运的不公，却忘了它仁慈的一面。生命未尝不是一场博弈，没有人常赢，过程就是奖赏。

小风车 吱呀转

  店铺里清一色小丫头。奶声奶气的九零后。清一色，没有男女搭配，干活也能不累。琦琦性格开朗，长得大号，便是男朋友。还有几个小鸟依人的，自愿做女朋友。一个"老爷"几个女朋友，一一封出大小来。
  有男朋友的感觉真爽。几个小丫头，感叹着，还不会在超市刷卡。其实说来脸红，我向来不管钱卡一类的，我也没刷过。她们在说，我就好奇地听。琦琦手一挥，这活儿她熟。死妞，活儿熟，刷卡刷出的是人民币，咱琦琦不管，众小丫欢呼着："也，去刷卡岁。"一拥而出。
  有男朋友的感觉真爽。清一色的店铺，重活累活，只要我在，是舍不得让那些小花朵子动手的。我要不在，男朋友上！男朋友卷衣捋袖，直接就上了。
  店铺洗手间，被装修公司改装过的，通道不对头，三天两头就

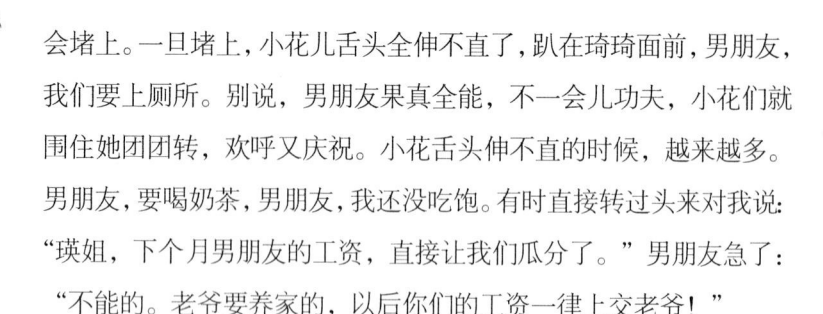

会堵上。一旦堵上，小花儿舌头全伸不直了，趴在琦琦面前，男朋友，我们要上厕所。别说，男朋友果真全能，不一会儿功夫，小花们就围住她团团转，欢呼又庆祝。小花舌头伸不直的时候，越来越多。男朋友，要喝奶茶，男朋友，我还没吃饱。有时直接转过头来对我说："瑛姐，下个月男朋友的工资，直接让我们瓜分了。"男朋友急了："不能的。老爷要养家的，以后你们的工资一律上交老爷！"

艳子这两天感冒严重，撒娇越发厉害了。止咳的糖浆，管状的，捏了往嘴里冒，一身娇无力："男朋友，我捏不动。"拿着糖浆，仰着脖子，愣是不往里着力。男朋友果真彪悍，捏着个管子往里直灌，我在一旁看得胆战心惊，慢着点，可别真呛着。男朋友一边用力，一边安慰我："没事，就这么点儿大的管子，全进去也不会呛死！"

那边一乐，差点全喷出来。

没多长时间，艳子捧着一排娃哈哈上来了。每人都有份。我笑。又是男朋友出的血。艳子说，哼，男朋友不肯买，我讲故事换的。

我也要听。艳子说："从前有个人，我让他买娃哈哈给我吃，他不买。结果他死了。"那可是大清早。琦琦一听，跳着脚，掏钱唯恐太慢："去买去买！"

艳子悠悠乐着，捧来一排娃哈哈，挨个发放，朝着空中啐去："呸呸！坏话不算，男朋友万寿无疆！"

小花们的幸福生活止于早上。每天早晨，我们都悠悠似小资，奶茶水果饼干，小吃的满天飞。下午进入紧张的发货状态，便没一个人说话。店里已经嫌挤了。各人守着自己的岗位，开始疯转。

我和她们在一起，常常会被感动。满屋三间的披肩围巾，全要一一检验，回到家的纸和笔，全得一一查看。如山的任务，发货又是按时按点，到点了，快递往那一站，想轻松都难。走路都带溜的。双十一刚过，双十二又在即。

小花们疯转着，却优雅着，如兰的十指，涂着五彩的色。穿梭奔行中，都不忘撞彼此一下。几个人里，艳子最会来事，每天减肥健身会友吃醋掐架活色生香，倒是让我生出很多感慨。看文，说的是风车和陀螺，同样是转，风车旋转着美丽着，转出风情飞出歌声。陀螺却靠着外力抽打，越转越慢越转越生气了无。我每天只需了了交待一下任务，然后由着我家的小风车，吱呀吱哟哟地转，和着青春的旋律，转出他们自己的精彩和美丽。

舌头又不直了："男朋友，快来搬，全包好了！"整装待发的快递，琦琦一一抱放到走道里。连我也学上来了，卷着舌头冲着琦琦："男朋友，忙不过来了！"

我家那群小风车，一早又在那转了。对了，琦琦有男朋友了，小花们又来劲了："让他来看我们！人不来也行，外卖到了就成！"

做人，做一个讨人人欢喜的人

年初时，小姨妹和前夫闹腾着，我在调和，坐茶社喝茶。妹妹笑："我姐就是个讨人欢喜的人。"妹妹意思，她不再讨那个男人的欢喜了。我望着妹妹，讲故事。

店铺小丫头艳子，小喜鹊似的，小娅有些冷冷的。不影响艳子的讨喜。这个讨，是一种很刻意很有趣的过程。小娅端正地在发货。艳子蹦跳着就进来了："小娅小娅，我男朋友来了！"艳子男友在南京当兵，难得来丰一趟，艳子怎么开心都不过分。小娅依然冰冷："你男朋友来，关我什么事。"艳子的舌头一直伸不直，艳子在小娅面前扭成了麻花："我男朋友来，我就是要你开心。"小娅一张秀脸，终绷不住，扑哧乐了。

我跟妹妹说："讨人欢喜，不只是讨男人欢喜。"妹妹的那段婚姻，男人背叛了她，背叛不可怕，做人要有底线，今生他都会背上沉沉十字架度过他的余生。妹妹是我的，我终愿意，她仍是最讨人欢喜的那一个，好再相遇一场爱情，有人疼有人怜。

中通小张，其貌不扬，很少说话。发现他的好，还是偶然。我们跟中通合作很少。从外面发来的大件，另外业务员，从来都是往楼下一扔，一走了之。每次小张送货，都会主动送到楼上。偶来拿件，遇上我们忙得冒烟时，他不说话，默默一边，或是递快递袋，或是帮着拿包装胶带，怕我们着急，还会闲扯上几句。

之后的多次，真让我们感动。我在外面，物流送来很大的件，小丫头电话我时，我指挥她们拿剪刀拆封，慢慢往楼上搬。小张正路过，停下车子，直接扛起大包就往上。我回来时，小丫头提起，那份感动呀。确实是，小张和我们之前，不存在利益关系，不需要讨谁喜欢，但他还真人人喜欢。

后来，是申通老王了。其实初见时，我笑他是智残。成天被圆通老卡捉弄。相处久了，才知道，他是大智。艳子是谁都惹，穿得跟花蝴蝶似的，老王老王，我漂亮吗？老王帽舌朝后，目不斜视淡定从容："漂亮漂亮。"慈祥得跟爷爷似的。

死老卡，做事不力，成天被他气得半死。一日，硕大的钢笔箱到家，我在外拍照，死老卡嫌重，直接往楼下一放。是我家两朵花搬上来的。你个大男人嫌重，让我家小花去搬。我回到家就火成了一团。拿起电话对着圆通老板好一顿吼叫，老卡正一脚踏进来，牛脾气上来了：以后重的一律不送上楼。他是故意在我的火上浇浇油的，偏偏我就上当，喘着粗气要老板让老卡走人，滚哪儿我不管，只要不在我眼皮底下现。

倒是老王可以息事宁人，淡淡一句：你心态要好。得。我收兵。我心态是不好。我好好一个人，跟人家老卡较真，我就一老卡式的人物。一秒钟内，我就闭上了嘴。老卡就这素质，我又不能太较真，舍不得他丢了饭碗的。好吧，那就我们改变吧。

241

像老王那样，讨人人欢喜，哄好老卡。那就太简单啦。老卡是个极其情绪化的人。脸拉着时，不要惹他，笑成一朵花时，向他提要求。今天送面单和口袋特别及时，挂好盐水还买来一叠热米饼。小丫头在夸，爹爹今天懂事，爹爹今天长大了。我接上话：爹爹今天乖巧了。小丫头接上来：这哪像夸的爹爹？老卡一张瘦脸，瞬息万变。那是大丰的标准方言，爹爹就是爷爷的意思，我哈哈大笑，当成宝宝一般哄，管用呢。

QQ签名：做人，做一个讨人人欢喜的人。竹姐姐汗流不止，我明白，是说我工程浩大。

最近跟我的小鼓走得特近，我跟小鼓说，姐要我身边的每一个人都花好月圆，是不是工程浩大呀。小鼓在电脑那端点头直乐：不是一般的浩大。

做人，做一个讨人人欢喜的人，这是自我修行的必须，虽然我还在路上。

最甜美的笑容给最亲近的你

小区外面，就是一个书店。靠近学校，生意特别好。老板是个中年男人。常逛书店，发现男人脾气特别大。

第一次去逛，正值中午。老婆在里面烧菜，听到有人进店，放下手头的东西，跑出来招呼我。我迅速地付款，正要离开，里面传来男人的怒吼声。女人委屈地一路小跑走进厨房，迅速地处理烧焦的饭菜。

第二次，男人酒喝大了。舌头卷着，指着女人正破口大骂。女人这次眼里噙着泪，欲辩，只是男人机关枪一般，店铺实在不是唇枪舌剑的场所。女人张了张了口，终于放弃了。

今天中午，儿子睡醒了，拖着我帮他买本书。男人和女人都穿反穿衣，大堆的书，叠放着，期末了，该退的，要整理着退走。还没走近他们，就见男人喝骂着女人，火很旺，只差点燃面前的大堆书。儿子拿了要买的书，我拿了本《读者》，向男人递过钱去。男人的脸，转向我，阳光般的笑容，堆了满脸。这笔交易才十元钱。男人绝对不是因为钱才乐成一朵花的，完全因为我们是陌生人，他介意把自己暴怒的一面，让我看到。

很多时候，我们都把最甜美的笑容，给了陌生人。而自己身边最亲近的人，反而可以大吼大嚷，习以为常，什么话最有杀伤力，专门朝着他们开炮。

自己就是。刚做淘宝的那会儿，因是先生下的任务，又要丢掉心爱的写作，然后一个人客服发货拍照包装事无巨细，一人打点。我的脾气像儿时玩的掼炮，往地上一摔，就能发出巨响。

旺旺叮咚响了，奔到电脑跟前，摸着都能打出一排字，"您好"一声问安，鲜花一朵咖啡一杯外加飞吻一个，打的字都能看出乱飞的笑意。先生正在找他换洗的衣服，问了几遍，我在电脑前手忙脚乱，回过神来对着他大叫："这么大个人，衣服都找不到，没看到我在忙？"

先生不再说话，默默转过身去。我恍然地回过头，梦醒似的问："你要什么？"先生很受伤："你看你现在的脾气。"

很是歉然。总以为，在家里就应该活出真我，乐了就笑，气了就跳。其实，没有谁可以一直当你情绪的回收站，不要因为最亲近的人，可以包容你，便当他是收容所，所有的爱与欢乐，都是不可再生资源，挥霍无度，最终一无所有。

今天是冲着老妈发火了。老爸身体不好，让她少打一份工，得空陪着老爸散步聊天锻炼，她成天忙得没个人影儿。一大早，我还在睡觉，她就咚咚门敲个不停。打开门就教训起她来："要那么多钱做什么用呀，你陪陪爸多活一年，工资够你打工打多久的。"老妈急了："你爸这个样子，我管得下来？本来是以为住在你家，不敢抽烟喝酒不生病的，哪知道他还是生病呀。妈妈什么时候成了一个怕费事的人啦？还不是因为管不住他！"

妈妈直接哭了。

恨不能掌自己的嘴。自从妈妈不敢训话我们，我就变得脾气大了。仗着他们的宠，想发火就发火，想说什么话都不经大脑的。还好我能立即知错就改，麻溜着穿好衣服，搬来椅子给妈妈消消气，一边呵哄着老爸："再看你几天表现，再不听话，立马驱逐回家！"

完了。又犯错了。声音又变粗了，脸又成驴脸了，最甜美的笑容，要留给最亲近的人的。这就改。

来吧，麦乐迪

双十二，淘宝疯了。晚上比白天更疯狂，连我的打字速度都跟不上了。

一直比较抗拒用快捷回复。总觉得那样的千篇一律，跟实体店的"欢迎光临"一样可恶。说的人机械照搬，听的人轻轻飘过。每个客人，每句问话，我都在坚持自己打字。

我的打字速度没有测试过，差不多赶上说话速度了。即便如此，还是有一串叮咚声来不及回复。

夜已深了，怕影响家人休息，声音调得很小，只看见电脑下方不停在闪烁，越发奋力打字，进屋时就倒了一杯茶在面前，两三个小时，茶都凉了，还没到嘴边。儿子晚自习回家，只来得及奔过去开了下门，立马又坐回了电脑跟前，尽管这样，还是有客人生气了。

买两支钢笔，在那边狠着劲叫唤，问可不可以包邮？

打去一行字："对不起，人太多，您直接拍下，明天会帮您发出。"

捅马蜂窝了。那人生气了。说了一堆,大致意思,我不需要这么打发他。

下面的旺旺又亮成了一排,此起又彼伏,暂且不管其他人,我专心接待他一人。"呵呵,不是想打发你走,你能想象同时跟一大群人说话的情形吗? 茶倒在面前,两小时了,还没顾上喝,儿子到家了,我还没顾上朝他看一眼。"

夜很深了,静得很。电流呼呼,我还要打字,忽然就停住了。人生有很多美好,过去了就不会再来。这样的狂欢,挣钱的机会,一年都会有几场,我的儿子,麦苗一般,我能听到他拔节生长的声音,他的成长,每一步都不能少了我的参与。这样的深夜,他从学校赶回,寒气逼人,我居然顾不上看他一眼。心下一动,我索性站起了身,不再看下面闪烁的人群,儿子已经躺下了,袜子裤子扔在地上,儿时养成的坏习惯,正窝在被子里看书,床头一堆巧克力还有蛋黄派。

我过去,拾起袜子裤子,勒令他睡前刷牙,又在他胖乎乎的脸上亲了一口,儿子嫌恶地抹了下脸,连声说:烧起来了。这是他对老妈最经常的口头禅。

再坐在电脑前,QQ在闪,我的小鼓,找我聊天。公公生日,她陪着老人家喝了几盅酒,正晕乎着呢,我教会她试着与家人依偎着取暖,她冰雪聪明,一下子就敲开了幸福的大门,才发现,二老双亲鞠躬尽瘁,要的不过是一杯酒的温暖。她收获着意料之外的美丽。

再次坐下来时,已经能够淡然了。我先给刚才那位发火的先生发过去一段话:感谢您刚才的提醒,我去看了会儿儿子,他差点就睡着了,调皮地躺在那里,高且壮实,这些都是我人生中最美丽的时光,一刻儿也不容错过。非常感谢您。

那位先生愣了一下。他没有想到,我不只是一个机器式的客服。我点开闪闪烁烁的旺旺,逐一回复过去,轻笑浅笑微笑送到每一个客人面前。

今天白天,余波未了,一早提单,发货小妞大呼没命了,又创新高。再高不影响小妞们的情绪,卷衣捋袖二话不讲开始发货,再忙不忘矫情,大呼小叫着:嗯哼,来吧,麦乐迪。撞肩撞腰撞屁股,紧张又欢快。我一把年纪也被感染,人生有多少美好啊,从来不容错过。老公电话打进来,店铺诸多工作,遥控指挥。我在电话这端冒了句:"来吧,麦乐迪。"小丫头朝我看看,爆笑。麦乐迪是个音译词,连她们都不知道是什么,拿来叫倩倩小丫头。多可爱的一个词呀,是欢快的旋律,是娇嗔的昵称,是软糯唇齿留香的乳名。那个一脸严肃的人,被我逗乐了,他从来都是个极能配合的人物:"好吧,麦乐迪,晚上哪里 Happy 去?"

给幸福减肥

初中时,学得最情真意切的,是《幸福在哪里》,它不在柳荫下,也不在温室里。那是励志版的,幸福在晶莹的汗水里,幸福在中考的拼搏里。

事实上,等我越长越老,白发以汹涌之势长驱直入时,这个问题,让我越来越抓狂。

我需要有一千万。如花的中年,无忧的晚年,钱是基础。少了肯定不行,就我这个主儿,人长得确实不怎么样,怪癖特别多,寒冷的冬天,每天都要换身衣服,是由内而外的,看得那人抽一口气,你不嫌麻烦。不嫌。

我需要有一百个员工,替我做完所有我要做的事,替我操心所有我要操心的事,最好还有专职的家庭医生,老爸常生病,好随时头疼医头,脚疼医脚。还要有个专职的家庭教师,这人要三头六臂天文地理无所不通,儿子英语太滥小四门三门挂红,要医得生理还治得心理，然后我可以在暖暖冬阳下码字，天马行空不需要考虑发稿不用考虑别人用稿要求，最好一觉醒来，便有人通知去瑞典，准备一个三十分钟的演讲一类的，这个咱拿手，不用准备，随口溜，莫说半个小时，半年，咱有的是话说。

我需要有若干辆车。我春天用雅致绿的，夏天用纯情白的，秋天用落叶咖的，冬天用热烈红的。雨天全封闭的，晴天用那种头可以探在外面，手臂可以张开，来个泰坦尼克的经典造型的那种。朝阳初上，得是千娇百媚的小自行车，夕阳西下，得换成狂放的越野车了。

好了，不瞎掰了。其实我是想说，我的幸福阈值越来越大，跨进幸福的门槛也越来越高，能体味到的幸福感觉也越来越少。可是这两天，特别惹我深思。

身边是群不谙世事的小丫头。一天发货到晚，其实也够烦够累。小丫头们收拾收拾，倦态毕现，却在一秒钟之内振作了起来。"麦迪迪，去吃烤肉哦！""好的好的！""还有那个饼！"

小丫头热烈地转向我："瑛姐，今天我们可有钱了。那天呀，你不知道，我们两人身上凑了一元多钱，想合买一个饼的，都买不成。瑛姐，那个饼要十元的。今天我们两个身上凑了二十元，今天我们去买饼！"

小丫头一边说一边捂紧口袋，像是怕钱飞了。我哈哈大笑，手头正好有碎钱，塞到小丫头口袋里："拿着，留着去买水。"

店铺小丫头一律是刚出校门的小雏燕儿，简单清纯，得了工资全数上交，余下的日子便伸手跟父母要十元二十元地花。很是感慨。年岁越长，追逐的东西越多，如此简单纯明的幸福，离我早已越来越远了。几个小丫头喜欢买一色的东西。棉袄，才要一百多元，再配个裤子，还配双粉红鞋，走出来一模一样的小仙女，花不了几个钱，快乐却几日几日萦绕不去。

时下，中国的肥胖问题，已经成公害。减肥成了全民重心。其实，给幸福减肥，就很必须。我们的幸福感，太巨大，一般的支付，根本撑不起它。

小丫头一身行头二三百元的，我们这把年纪的，根本不可能了。小小一个过年，新衣准备，还得分色系的。外套选了咖格的，里面配着的毛衣，一律要是咖色。外衣是件白色的，里面要配的一定要是黑色系或者黑白条纹的。还有一把穿的用的，还有一家老小的，要人人幸福一团幸福，不得一个小山是堆砌不来的。所以，还是小丫头好，两元可以四个棒棒糖，十元一个芝麻饼，就幸福掀翻屋顶了。不是她们肤浅，她们的同学，常跟着成年男人出入高档娱乐场所，出手阔绰花钱不眨眼，她们看在眼里，不着一词，只是她们更会替自己的幸福减肥，更会调适自己的心情，让自己时时处处，浸淫在幸福之中。

"瑛姐，那天琦琦生病，我们凑了所有的钱，买水果带给她。我们真饿坏啦，琦琦妈真是好人，下了满满两大碗水饺，嘻，我们一眨眼就全吃光啦！"厚脸皮的艳子还在向我描述，小手抚在肚皮上，言犹未尽。

忍俊不禁，从现在起，都给幸福减肥，减成吃一顿饱饱的饭，穿一件暖暖的衣，盖一床厚厚的被，遇一个笨笨的人。

千树万树梨花开

　　常溜去看一个爷爷，是个养花高手。会盘盆景。盘，最贴切了。先是三年八年的时间，养得植株。那些，散养在野田里，张牙舞爪五蓬四散。长得已经有些坏样了，从土里挖出。硕大土球，粗蠢愚笨，很不入眼，是那个挑着担沿街叫卖烧饼的武大，看了直想上前踹上一脚的。

　　然后便是从角落里拖出一紫砂的浅盆。落满青苔，久经霜露，看不出原本的模样了。植株放进去，竟是冒出很大的一块。那就更不入眼了。武大卖烧饼，除了潘金莲看不入眼，街坊邻居因为熟悉，倒也生出几分亲切了。装上盆的植株，就像给武大系上了破围裙。围裙破旧不好看，全能理解，又不合身，又短又小，便显出十分的寒酸。

　　又得几日，植株渐渐在盆里安下身来。武大的围裙，终于可以和身体谐和了。爷爷开始用水冲涮露出的部分。就这一个过程，也得一个漫长的时节，心急不得，快捷不得，一天一点点。

好。咱有的是耐心，不过是多跑几趟。再过去时，就有些惊艳了。经过冲洗的根系，露在盆外，虬劲弯曲，很有些意味了。爷爷一副老花镜，一把修桑剪，开始围着植株来了。比得绣花活。细小的铅丝，沿着枝干，做出一个走向，强行不得，忤逆不得，方向指明了，植株曲曲弯弯，沿着指引的方向，你急它不急，按着自己的速度生长着。

这么一个动作，就是几个春秋过去了。已经可以看出盆景的形状了。或层叠，或盘曲，或对称，或交错，那便是红楼里的莺莺燕燕了。那个用手指画着"蔷"的小傻丫，那个心高气傲洁净清爽的晴雯，那个暗香浮动忠厚老实的袭人，神情毕肖。

到得出货的时候了，爷爷将花盆清洗一新，露出庐山真面目，全手工紫砂，细腻精良，盆上寥寥几笔兰花，溢得出来的道骨仙风。再来行书"清香"两个字，果真是两个黄鹂鸣翠柳了，听得见的春光与喧闹。铲平根部的泥土，摆放小型景观，或是小桥流水人家，或是二人摇扇对弈，或是姜太公钓鱼，再次修剪一番，便开始上架了。只一两盆，不会太多，只一眼，便会醉倒。那是天上掉下的林妹妹，似一朵青云刚出岫。娴静犹似花照水，行动好比风拂柳。然后便有看客云集，惊为天人。爷爷宠辱不惊，只是照着他的价，只等知音来。

颇为感慨。近日陪儿子练字。一页字帖，都得几十遍临习。完了整本全练过了，还得回头连缀起来，是为第一遍。如此下来，得四到五遍，才有些模样，在日后创作中，才能用上。这是第一步。第二步，还得把其他几种字体，一一像这样走过。这是第二步。然后就是遍临名帖了，但凡书法史上有些名气的字帖，全要大量临习，然后还能背临出。这是第三步。我倒抽一口气，这还没能叫入门，仅仅是抓住了一张入场券。先生很笃定地，一定要这样，不要花拳绣腿参赛入展什么的，只顾埋头练习，有一天抬头时，发现已经种下一片庄稼了。

　　就是这个理了。春节晚会看九月传奇的演唱，大爱。世上种种，无不如此。忽如一夜春风来，千树万树梨花开。只是这个开放之前的孕育，那可是十年磨一剑呀。我愿意自己也做春风中那朵怡然的梨花，蓄积力量只为风中一笑。

昆仑雪菊

一直有人表扬我的文字接地气儿，今天说件不太开心的事。夫家大哥被电信局的电线勾下来了，人无大碍，但要去交警中队处理。大嫂电话我们，问我们有没熟人，这个世界黑呀，连我与世无争的大嫂都知道熟人好办事。我答，没有，但我们必须陪同。毕竟，大嫂没怎么出过家门，我有些不放心。

到了中队。好一阵欣喜，接手这事的警官，居然是老乡。从前一个农场，长我几届。出来混时，跟我老爸挺熟，咱都叫哥哥的。只是哥哥这几年发福厉害，比发福严重的是，眼高丁顶了，明显一副飞扬跋扈的模样。如果为自己的事，我铁定抹不下这个脸，但为的是家人，咱唤了声哥哥。事情处理很顺利，就算警官哥哥算个人脉，也用不上。哥哥坐在他宝座上，侧目看他，失望排山倒海而来。

QQ签名随手改成：我妆容精致而你面目全非。晚上跟儿子谈这事儿，各种不爽。儿子安抚我，所谓衣锦还乡，他那些谱，不在你面前摆，还留着到谁面前摆？

　　这便是了。境界全然不同。所谓妆容精致，说的无非是一种心情。在外多年，只要一回到我的小村庄，就敛尽羽翅。小米饭把我养育，风雨中教我做人，每一个来自老家的人，我都奉为上亲。可是，我的警官哥哥把这些全丢了，由里而外脑肥肠满面目全非了。

　　年前，QQ上一个弟弟，欢呼雀跃着上来："姐，把你地址传来，给姐姐寄昆仑雪菊呀。我们这里的特产，给咱姐夫降三高呢。"弟弟是店铺客人，买笔认识的。一大一小两支笔，天天陪他家小公主练字。偶尔说说话，一声一声地唤姐，让我那颗淹没在铜臭里的心，柔软无比。

　　怎样的一个男人呀。雪菊从遥远的新疆过来，一路跋涉，满满八天。弟弟天天跟踪，姐，今天到成都。姐，到你们盐城了。姐，今天就能到你们大丰了。

　　每一天，我收获的都是满满的感动与温暖。再说不出多余的话。有一搭没一搭地问话，弟弟还是欢欣满怀："姐，今天我们公司年底聚餐。大家动手呀，嘿，都是我们男人做。单位那些小公主呀，谁舍得让她们来做这些烟熏火燎的事呀，她们就负责在一旁尝菜了，姐，就这样还不行的，还抱怨我们笨手笨脚粗枝大叶……"

　　乐了，遇上这样的男人，受益的不只是我这个仅交易过一次的卖家姐姐，还有他身边的每一个亲人，同事，朋友。再回到家时，冬冬姐姐的北京特产又寄到了。冬冬姐姐也只是交易一次的买家，秋日一别，联系仍然不多，可是，这样的时节，她的惦念还是翻山越岭远路迢迢准时而至了。

　　雪菊生昆仑，即便它的来头不这么神奇，远方弟弟的这份心，都足以让我感动很久。如今的日子，要什么有什么，随便从路上杀出一个人来，甭管男女，瘦的不多了。弟弟的昆仑雪菊，可以治人们肉体上的三高，我倒是愿意，我的文字，也能生出一种奇香挠到灵魂的痒，让我的警官哥哥来一杯。

大橱、方桌、小板凳

小毛丫中考720，绝对的高分，好友电话过来，口气不无惋惜，说发挥不算好，我急了，立即止她：考得好就是好，不许这么说毛丫。

一晚上，电话和QQ就没有歇过。阳光女孩，705，又一个高分。然后报过来的，有700分，有686分，有671分，有644分，还有509分的。口气极其相似，考得好的，不无惋惜，其实还能再好一点的。考得不算好的，就会很歉然，似乎这个消息报给我，很对不起我似的。这批孩子，是我教的最后一届学生了。后来我就转战淘宝了。但对他们的偏爱，一直都在。644分的那个小宝贝，我就很替她开心。

其实，中考高考，只不过把平时隐着的高低上下，一下子拉到了台前。一个教室里坐着的，从来就是五个指头，有长有短。一个小城里，学校罗列，从来就是高矮胖瘦，各各俱全。这样的千军万马，拉出来一起溜场，自然就会有跑得特快的，还有落得特后的。当然，只要拉到场上，一声枪响，父母就成了看众，自然希望那个奋蹄前行的小马，是一匹冒出来的黑马。只是千里疆场常有，黑马不常有。一场高考中考，结局其实在考之前就已经定下来了。

所以，我比较客观，720的，我会开心，644的我也开心，就连509的小宝贝，一样替他开心。

儿时打家具。请得一个小木匠，大小参差的木头搬进来。最高最大最成材的，被做成了大橱。中等样样的，瘦弱单薄些的，被做成了方桌。最后的零零脑脑，小块小棒的，也被师傅做成了小板凳。年少的我，骑着小板凳，从东房间到西房间，快乐是凳脚踩出的音符，得儿驾中，我成了骑马挎刀的女飞侠。

外婆做衣服。大块的面料，做成了上衣，裤子。余下的大块面料，放在一边，留着做补丁。狭长细小的，做成蝴蝶结，雀跃在我们的发梢。再碎一点的，可以排列齐整，钉成鞋底儿。

这就对了。成绩揭晓，不过是给孩子们定性一下，大橱，还是小板凳，总能物尽其用，再不济，木屑还有拼成花的。教过的一个学生，阿拉伯数字能从1认到5，后面就很吃力了，鼻子下成天流着两条河，正视他都需要先从别的地方，调整一下目光暗地里提一口气，然后能才平和一点对着他，即便这样，人家妈妈还宝贝成什么似的，声声唤：君君。

这就对了。小板凳就小板凳吧。市面上一种小花几，价特别高。黄梨木还是什么木的，我叫不出名，精雕细刻，稍一问价，都能惊出一身汗。看到没有？小板凳也有春天，如果不幸被定性为小板凳的料，就做一个精工细作价值不菲的花儿吧。

瓶底的栀子

一片战前的紧张。

还没正式踏入高三,气氛已然不同。儿子这个班,每一朵都是奇葩。班主任是个外地人,当年自己就是个高材生,这场战争,由他领兵,显然再合适不过。

家长会开多了,各种心理准备都有。没料到,今天的这场,心底还是漾了一下。

这是学校二十多个班,经过三年的奋战,筛出来的艺术班。说是艺术班,其实都是在血雨腥风中,先怯了阵,想另辟蹊径过高考的一群孩子。有家长指点的迷津,有孩子自己找到的,还有学校帮着想的法子。开会之前,就有成绩单公布了,一盆冷水浇到脚,去开会,只不过是再听一遍形势分析。皇帝不急太监急。小皇帝丢家里,一群急红眼的太监坐到教室里来。

就听一个身形高大的女人,放着嗓门:送出去学也行呀,只是能放心吗？在家里都要看管的，送出去还不是正好送枕头给他睡觉？

一个班级，体育、美术、传媒、声乐，林林总总。专业的课程，都得去大城市找对口的老师。这下炸锅了。不进这个教室，还不知道形势这么紧张。班上的大半，都去了杭州和南京。三组的一个家长，二组后排的一个，朝着我挥手致意。是校友，隔壁班的，当年我们是千军万马中的，现在轮到我们的孩子了。只是含笑招呼，并不更多交谈。

班主任几句话一出口，我就听出来了。这些孩子，有福气了。这群孩子，需要的是懂他们的人。老师说：我们班37名优秀学生。个个优秀。老师的语气不容置疑。那是天空飘来的祥云。已经有好久听不到这样的鼓励了。是的，很长一段时间，分数成了评判孩子是否优秀的唯一标准，他却肯把这群小魔头，叫成优秀。难怪班上孩子，只一周时间，就被这个领头兵撩拨得摩拳擦掌跃跃欲试群情激昂热情高涨。

校长室教导处年级组班级层层级级动员下来，我已经替孩子们忐忑。用校长的话说，战斗的号角已经吹响，演出的大幕正徐徐拉开，是骡子是马，你都得拉出来遛遛。看得见的硝烟弥漫，感受得到的刀光剑影，呼之欲出的剑拔弩张。会散了好久，家长都不离去，团团包围着老师，估计家里的小皇帝不淡定了？靠讲台放着一张小桌，桌上一个饮料瓶，被拦腰锯断，瓶底装着，一朵栀子，安然在瓶底，暗香袭来。我会心一笑，端过小瓶，深深吸一口气，想象中，应该是一个小女生，兰心蕙质，满怀欢喜地窃来，装上。忘了带走还是故意留下？我端起来，又轻轻放到桌上。待得开学时，水一定干涸了，花也早枯了，可是那份芳香，会永在。

回家的路上，我快步如飞。到底放心了，不管我们的孩子身处怎么的风狂雨骤无限险峰中，那颗心，都还是从容的。

万树桃花月满天

那时还在上班。背着台电脑，走来走去，没课的时候，就在键盘上敲字。华是个美人。真的美人，肤白如玉，一副天生金嗓子。我在埋头敲字，华走过办公室前，扬声唤她，进来进来坐会儿。便会进来。央她：唱歌给我听。好。她清清嗓子，唱越剧。"月蒙蒙蒙月色昏黄，云烟烟烟云照奴房……"并不能听懂歌词，却可以听得出歌词里的百转千回。后来，在电视里看到华一袭短袍，婉约地吟唱，扬声唤家人，快来听快来听。台上的华，惊艳时光。

舒是从QQ里逮来的。记不得怎么加进的了，她的空间，正常上传各种戏曲翻唱。每天忙碌之余，会点开听。舒一段一段地发来，有音频，有唱词，还会有视频。昨天是《陆游》的第一场。陆游和唐琬的爱情故事，缠绵悱恻千古长恨。一直想不通，世上只有妈妈好，陆母何以生生斩断这一对恩爱鸳鸯？只看第一场，就明白了。陆游，人生得一知己足矣，和琬妹志同道合夫唱妇随好不乐在。

偏偏陆母急坏了。陆游的堂兄，自小父母双亡，陆母拉扯长大。自有比较。堂兄平步青云仕途上已一路顺风，陆游却耽于美色，和琬妹携手在唱"驿外断桥边，寂寞开无主。"怎能不急坏陆母。而舒是个怎样的女子？俨然一个巧妇，有客来家，一会端出一碟菜，一会又有一钵汤。穿梭间愣是上来一桌满汉全席。

朋友是画家。却喜欢读文。白天喧嚣，怕误了我的字，总在夜深人静的时候，端一壶茶，电脑前一篇一篇地点读。茶水和着文字，夜是一幕放下的珠帘，闪烁间全是魅惑与华美。朋友说：尘，替你画幅像？

好啊。并未谋面，照片也很少贴的。能画成什么样？

传过来时，真正叹服。一洼浅水边，半蹲的女子，看不清容颜，却有长发在风中。手撩着清水，扬向半空，有飞鸟惊起，仓皇逃走。一定会有笑声，还会有追逐在小鸟身后的歌声："哎，山下的溪水哟，荡起波罗……"

跟兰聊天。一同写文的友。她和我，几乎是两种人，但不影响我们的相知。年初，她经历了生活的重大动荡，我看在眼里，不劝慰不言语。因为我知道，这种时候，什么样的语言都是多余，不如默默陪伴。那个晚上，捧着手机，想兰了。用手机的录音功能，捎首歌给她听。她到底懂了，是首情歌。应该是如花女子唱给烟雨迷濛中的爱人听的，送给她，陪她走过这段风雨灌满的人生。"问世间，天崩地裂生也相从死也相从梦也相从魂也相从恩也相从怨也相从"没有伴奏，歌词反倒清晰。世间有比金钱更珍贵的是友情，是爱情，是亲情，这些你都还拥有着，那些失去，就会显得微不足道，只要上帝没有没收掉你可资奋斗的生命，一切挫折都将成为过去。

说着话，有一搭没一搭的。她说，近来很迷惘，找不到方向了。笑。嗯。要舍得。舍得沉下去。浮在水面的，都是水草，船行之后，满河狼狈。而长在水底的，终成珊瑚。

其实，这篇，不知道要表达什么。大致是讨论什么样的女子才漂亮？长得漂亮活得漂亮的，尽收笔下。小流苏每天看到我空间更新，就跑来：姐姐姐姐，这篇可以发……然后是邮箱地址。她就是建湖水乡的一朵小莲，也有三十出头了吧？却有异样的纯净和清澈。

感慨来自空间，一群似玉年华的女子，说说上满是NND，尼玛，靠。冯老师写文：《惊不醒的梦中人》说的是自己身在官场，一直追求那样的境地，团结友爱，公平合理，人与人之间，简单澄明，拥有至真至善至美的一切。谈何容易？只不过是个乌托邦。乌托邦也还要想，所以就一直是个惊不醒的梦中人。一个客人的留评特别发人深省：如果你发现身边的人都是天使，那你就生活在天堂。如果你发现身边的人都是魔鬼，那你就生活在地狱。作者就是生活在天堂的幸福的人。

这就对了。我也做那样的人。万树桃花月满天。女人和女人扎堆，就做一朵桃花，你绽放了，别人才会芬芳。假以时日，万树桃花一朝吐蕊云蒸霞蔚多的是明艳流出天外，满天清辉一地妖娆。

情人眼

去看公公婆婆。他们住在村里，通往的路，泥泞，九曲十八弯。不妨碍我们的前行。天太热，他们没有冰箱，没有买太多菜，备的是些饮料，还有干货。想好了，今天过去，自己做饭。

今年的天，热得有些反常。可是今天，很凉爽了。四面来风。我拿着个小篮子，四下乱窜。婆婆去帮人家撕玉米了，公公一个人在家。我们的到来，乐坏了老人家。拄着拐，急着要摘瓜给我们吃。我有很久没过这样的日子了。门口场上，屋后场上，四下转转，小篮子居然拾满了。韭菜炒草鸡蛋，毛豆米炒丝瓜，青椒土豆丝，蒸茄子，油焖茄子，脑子里在盘算。摘丝瓜，割韭菜，拔黄豆，剥黄豆米，切土豆，大呼小叫，兴兴头头。不长的时间，婆婆回来了。公公坐在灶前，开始烧火，我在灶台上团团转。工具不熟，作料不熟，久违的土灶，有趣的感受。

饭菜很快端上来了。小侄女怕太过简单，直邀请我们去她家。

硬留着她一同吃饭，如此原汁原味的饭菜，哪里会有？

只是二老在家，能减就减，能省就省，竟至桌子都只用半边的。我把桌子收拾了一下，命令先生帮着抬到屋子中央，刚才还掖在桌下的东西，现在一览无余了，赶紧着再收拾桌下。再一打量，家里确实没有什么不是老古董了。不过，这张方桌，我倒是挺有感情的。认识先生之初，他带我回家，映入眼帘的就是这张方桌：白身子，上面两个半圆，一半大红一半深绿。漆得斑驳，先生却很得意："我自己刷的。"二十年过去了，呆子刷的是颜料，白的红的绿的已经全部没了，露出了原来的棕黄，不过是一张土老桌。

侄女和小儿坐在一边，小丫头面带难色，我哈哈大笑，现在他们的条件一家比一家好，爷爷奶奶这种卫生状况，能坐得下来吃饭，真难为她了。我在分筷子，刷碗。碗底陈年的灰，水我都不敢用太多，看着婆婆用得那么俭省，我动作幅度都小了很多。儿子倒是能迅速适应，立马发现了韭菜跟我们平时买的不一样，直嚷好吃。是的。自己长的韭菜，味道就是不一样。儿时，夏天家家都是靠它撑过来的。

看我的题目，情人眼里出西施。其实说的是审美揉进了主观色彩之后。这顿饭食之如饴，没有一丝勉强，他们都已经进入了八旬的高龄，回得家来，还能看到出双入对的他们，这份满足谁能理解？

每天过来收件送件的快递员，唤我飞花老板，喊得我跟女匪似的。某一日，他踩着大红地毯上来了，说："飞花老板，你长得特别像楼梯口那个女的。"我一吓：不会是沈殿霞吧？对门是家美容美体店，楼梯口张贴的是一张比一张漂亮的广告画。"真的像呢，我们一天跑几趟，越看越像。"业务员说得言之凿凿，我也有些好奇，特地跑下去看了一下。

哑然失笑。一个女娃，坐在那儿练瑜珈。粉红运动装，一只腿被抱着弯到头顶，长长的发盘着，露出光洁的前额。

扪心自问，没有一两肉相似。但业务员不存在谄媚的必要。那就是平时，我们对他们这些快递员敬重有加所致。快递员，风里来雨里去，每次看他们那么辛苦，进得店来，都会招呼着喝水，歇息一会儿。他们在外并不是总能遇上如此善待他们的人，业务员的眼光，显然带上了强烈的主观色彩。

一桌写文的人吃饭。爷爷级的文友炫耀：我看他就是多一分嫌胖，少一分嫌瘦，多少宝宝都没有他好看的。我们就起哄：黄鼠狼养的喷喷香。还有半句，书面语还不好表达：刺猬养的滑滴滴。刺猬天下第一刺黄鼠狼天下第一臭了，经由情人眼，一切都翻了个底朝天。

这就好办了。但凡普通寻常事，都可以先试着喜欢上它，一双情人眼，它就是世上无双天下第一，而你就会爱他日甚，发乎内心，深入骨髓。

生命是场博弈，过程就是奖赏

1

表叔是小姑奶奶抱来的儿子。比父亲大一岁。父亲走南闯北颇有几分飞檐走壁。表叔木讷老实，腿有些跛，过得不算如意。这个典故之前都有写过。我们陆续长大，飞离了父母身边。母亲又是个特别操劳的人物，父亲一日孤身坐在门堂心，一张方机，一杯酒，一碗红烧肉，很敷衍，很将就，很对付。表叔过来一看，感叹不已："我们一家人，坐在桌上欢天喜地。"

父亲乐了。表叔腿残，娶得表婶算不得顶神气的，生下两儿，大儿错过了婚娶的年龄，找了个外地媳妇，二儿子智障，一直没找对象，表叔的一句欢天喜地逗乐了父亲，父亲告诉我们：我一家要是像他，我就哭下来了。

虽然命运待表叔不厚，表叔却格外乐观。遇到姐姐，就会问，你还认识我吗？姐姐连连接招：认得认得。乡俗里最挨打的不是其他，最是眼高于顶忘恩负义认不得家人的。然后遇到我，便是给他家大儿小冬做媳妇。小时候会追着又打又踢，稍长，会内敛很多，只笑不答。

却没想到，和表叔的相遇，会是这样的方式。

那天，急诊室来了个病人，又呕又吐，身上满是泥浆污浊不堪。姐姐一吓，是表叔！表叔在田里干活，突发脑溢血，倒在泥塘里，邻居通知大儿送来抢救的。

先是头颅开第一刀，出了刀房，情况很不好，急着又推进去第二次手术。晚上才回到监护室。围站在一边，我和姐姐相互看了一眼，表叔先还是狂躁地乱挥手，后陷入深深地昏迷。姐姐说：会是我们送表叔最后一程，这是天意？

那样的夜，风狂雨骤，我们不敢合眼，姐姐配合着护士，推着表叔楼上楼下检查。医生护士马灯似的穿梭，我叫醒表叔家大儿小冬，医生找小冬谈话，小冬过来告诉我们，表叔不过是到天亮的事了。

默然。泪下。表叔和我们接触算不得多。活得卑微却努力。虽然人人都可以对他拿得起放得下，他却乐观得很。六口的大家，靠他撑着。每天还会兴兴头头地跑去看望他八十九岁的老母。父亲搬家了，他一路摸过去，说老母过九十，百老归天，都得通知我父亲的。这些，他都操办不了了。远远望着表叔，世上最无奈的事，便是看着可亲的人，渐行渐远却回天无力。

2

表叔的床上，换了位老太太。老太太83岁。盆骨跌断。老太太耳聋，听不见别人说话，自己的声音却响得吓人。点滴的瓶子在她视线之外，她大声喝问："还在滴不？"我跑过去看了一下，向她点头，她火了："滴个心啊！"

护士小丫头忍俊不禁，扑哧笑出声。老太太身上绑了个仪器，可以自动测心跳血压什么的。每隔一段时间，胳膊那里会鼓起来，有酸胀感。老太太大嚷着，让人给她松绑，护士知道她是胡闹，过去安慰了一下，就走开了。这下哇哇大哭起来，边哭嘴里还在告状。她家女儿带着保姆，进来看她了。重症病房不能呆太久，她并不懂，问女儿是不是在这里陪她，女儿摇头，问是不是保姆陪，保姆也摇头，这下完了，又哇哇大哭起来。我哈哈大笑。明摆着一个老惯宝嘛。老太太神呢，转向我这边，跟女儿说：问一下人家吃的东西是什么牌子的，明天也买给我吃。我啼笑皆非，姐夫生病，我在喂粥的，就是普通的粥，先喂老太太的，她不肯吃。这下，又以为是什么好吃的。隔锅饭香，小孩子常有的事，老太太也是了。我急着端过碗也去喂她，她女儿谢过我的好意：她不吃的，她就是闹。

估计老太太有些智障了。返璞归真，老太太在暮年时分，反倒回到蒙昧未开的童年时代了，开心就笑，不满就哭，看着一堆爱她的人，围着她，团团转，未免不是福。

3

姐夫在家门口修理电器，被一辆过往小车，掀到路中间。命是捡回来了，四肢摔断三肢，那样一个壮实的人，就躺在床上，任人搬动，时不时因为疼痛发出男人的嘶吼。姐姐电话来时，我们一家三口第一时间赶到，一路陪着检查，陪着守在重症病房。目睹那么多凶险，我一滴泪没落。一直到脱离危险，才去接我妈。妈妈正在菜场扫地,看到我格外开心:"干什么呀?找我?"老妈上得街来,学了几句普通话,跟我全是洋调。我说:接你去医院。妈妈感觉不对头了,勃然变色:"去做什么?"近半年,算不得太平,先是小姨中风,后是小姑跌断腿,但凡我接她去医院,就别想有好消息。"去看姐夫。"我堆砌的坚强,瞬时瓦解,我在妈妈面前放声大哭。妈妈坐在我车后,比我镇定得多:跌在哪里?

姐夫大学毕业分配到我们小城,去家千里。后来遭遇厂里改制,夫妇双双下岗。做的事情换了一茬又一茬,现在修理汽车电路,也算是学以致用,跟早年的专业搭了点边,一切都朝着好的方向走了,又遭此横祸,所幸都是外伤,没有伤及内脏。都说婚姻是个嫁接的过程,姐夫和姐姐结婚二十多年,一直生活在我父母身边,他自己七十三岁的老父,远路迢迢来看了一眼,年事太高,吃住不便,早早被姐姐安排了返家。我爸妈早把他当成了自己生的,一日三餐,变着花样,父亲烧,母亲骑自行车,穿行大半个城,一趟趟送来。手术前夜,母亲心神不宁,团团乱转,央我,替她订束鲜花,一会儿又唏嘘,要是能够,她愿意替了姐夫去疼痛。

近五个小时的手术,姐夫被推出手术室,我们一家迎了上去,我和姐姐接过护士的盐水瓶,弟弟和我老公推过手术车,我妈左右各一捧鲜花,放在姐夫身两侧,姐夫如凯旋的英雄。

很多时候,我们忙着抱怨命运的不公,却忘了它仁慈的一面。姐姐一直在感恩:幸好,幸好没有伤及大脑,这次真是万幸。再有一次手术,断掉的三个地方就全接上了。历此大劫,姐夫和我们,都会格外珍惜。生命未尝不是一场博弈,没有人常赢,过程便是奖赏。

桐花万里路

我其实,一直很幸福。每天早晨,要得很大的勇气方可出门的。一早,坐在床上发短信,中差评沟通。无奈的现实。你的货,不管怎么样,见仁见智,总有朋友不喜欢不满意。每次都试图解释,终究还是浅浅一笑,只说帮忙好评鼓励。突然惊得跳起身,到店铺时间到了。我要开门的,要不大家都得站在门外。抓起包包就往外奔,家里那人不开心了,唤住我,早饭不吃了?胡乱应答着:来不及的,售后的。再说吧。那人更不乐了:再大的事,有早饭重要?顾不得了,丢下一个歉意的微笑,飞奔下楼。

一块面包一杯白开水,早饭解决了。眼前总晃动着他爱怜责怪的表情。之前有工作,只有工作的点滴之余写写文字,后来有段时间,窝在家里,专门写稿,文章发得满天飞。再后来,来做淘宝了。我是用文字,敲开淘宝大门的。我的每一款宝贝描述,会是一篇微小说,微散文,微电影,很多买家朋友追着文字看,继而迷上了我的宝贝。其实,我想记录每一个人的生存状态。这个世上,想要活得精彩,没有一个人可以偷懒。

下班时,常会买菜。怕动手,喜欢直接买熟食。那个卖三国卤肉的小娘子,妩媚风情,最爱粉色上衣,长发盘在头顶,看她切菜也是享受。一边切菜一边拉呱,某日她说:你懂花草不?这个水池放这里,太难看,想着弄盆来遮丑。

问对人了。让她搬一盆摇钱树来。那个名字喜庆,好养耐活,枝叶繁茂适应各种环境。再去她的店里时,扑面而来的,是满眼的绿。

桐花万里路,是我捡来的词句。我就是一个凡俗的女子,一年365天,我天天捡这些词句,连缀装点我繁忙琐碎俗不可耐的人生,我的人生,因为这些边角料,倾国倾城。